Amb la compra d'aquest llibre em fas feliç i contribueixes al projecte de TANU !!!

Desitjo que t'agradi

María [illegible]

23/IV/2021

A RECER DE LA FIGUERA

Maria Solsona Planas

A recer de la figuera

Primera edición: 2020

ISBN: 9788418203312
ISBN eBook: 9788418203770

Impreso en España – Printed in Spain

A Manel i als meus fills i nets.

Estic cansada, molt cansada, m'ofego, què em passa? No estic bé! Per què hi ha tan poca llum? És de nit o de dia? Ah, és de nit! M'he despertat d'un malson, sí, és clar, estic al llit. Ah, no! Aquest no és el meu llit i estic sola. On és en Rafel? Deu ser al lavabo. No, no és el meu llit... No recordo res. On soc? Com he arribat aquí? Només recordo que tenia molt mal de cap i m'ofegava. Rafel! Rafel! Potser no sents la meva veu, és que no crido, ni tan sols articulo paraula, no puc, no sé què em passa... Torno a sentir veus... Tinc por, molta por i molta son. Si pogués aixecar-me... Tinc por!

***

Han passat tan ràpidament els anys... Fa molt poc temps era una nena amb il·lusions i no em feia por res. Dic que no em feia por res, però no és veritat. Quan sortia a punta de dia a pasturar el ramat d'ovelles i ens hi estàvem tot el dia, sí que tenia por, i me la feia passar cantant enmig dels meus animalons, i ells, de naturalesa poruga, agraïen els meus cants i estaven més tranquils, sempre pendents d'on estava jo.

Un dia que anàvem caminant tranquil·lament, ens va inquietar un soroll que venia de molt lluny però que s'apropava ràpidament. Els animals començaven a estar neguitosos i el soroll es va fer cada cop més fort, i jo em vaig llençar a terra, em vaig tapar les orelles plorant, llavors creia que tot el cel i l'univers caurien a sobre meu. El soroll va començar a amainar i vaig veure que un avió no molt gran, de color verd, anava desapareixent com un llamp cap a l'horitzó, després vaig saber que era un avió militar. Pocs cops en la meva vida he tingut tanta por.

Vaig estar molt de temps vigilant l'horitzó. Quan el meu germà va marxar a la guerra, sempre tenia al cap aquell soroll que em va provocar tant de pànic, i quan sentia el soroll d'un avió que s'acostava no podia reprimir un crit d'esglai. Però jo seguia sortint a pasturar i estava contenta amb els meus bens, els coneixia a tots, em passava tantes hores, sola, amb ells...

A la butxaca del davantal portava un tros de pa i figues seques de la nostra figuera, era el meu menjar per a totes les estones que passava al camp. Havia d'esperar que les ovelles estiguessin tipes d'haver menjat herbes, aglans, restes de raïm, i havia de vigilar-les i donar voltes cap a altres indrets quan els grans dels raïms maduraven, perquè haurien sigut capaces de no deixar-ne ni un gra. No podia passar per oliveres ni ametllers joves, es posaven sobre els troncs o les branques i podien deixar els petits arbres sense ni una fulla. Cada una tenia els seus gustos. Per qui no coneix les ovelles totes li semblen iguals i en canvi totes són diferents. N'hi ha de més porugues, de més valentes i enjogassades... i la meva petita Nina, que jo vaig alimentar amb biberó. Quan li tocava el menjar era com un rellotge i mentre prenia el seu biberó movia amb alegria la cua, donant-li voltes com les aspes d'un molí mogudes pel vent. Sempre la duia al meu costat i havia de vigilar que no em calcigués, quan estava lluny la buscava i ella m'estava seguint amb la mirada. El dia que el pare la va vendre va ser un dels moments més tristos de la meva vida, li vaig fer una abraçada i a totes dues ens queien llàgrimes. No l'he oblidada mai!

Un dia el meu germà em va dir: «El que has de fer és aprofitar el que tens al teu voltant. Mira el cel fixant-te en els núvols i les formes que poden tenir: d'animals, de persones... La velocitat que poden agafar quan fa vent, que sembla que corri un núvol darrere l'altre. Descobrir les roques, la terra, les fonts, les plantes, els arbres i els fruits que donen, el vol de les abelles, el treball incansable de les formigues, els seus caus, el comportament dels bens. Les classes tan diferents d'ocells i els seus cants. Se't faran familiars i tu també a ells». A partir d'aquell dia ho vaig veure tot tan diferent! Era com si aquells paisatges no els hagués vist mai abans, tot ho mirava amb altres ulls, era com si descobrís un món nou. Que llest era el meu germà! Amb la ignorància de tantes coses i la pobresa en què vivíem, com sabia estimar i valorar el que l'envoltava! No entenia com sabia tantes coses, on les podia aprendre?

En preguntar-li, em deia: «Saps, quan el pare se m'emporta al mercat a vendre els ous i les verdures jo no paro de mirar-ho tot. Preguntant a les pageses i als nens més grans que van a l'escola i que porten llibres per entretenir-se, els hi demano que me'ls deixin. Saps que soc molt xafarder».

Va comentar-me que alguns nens tenien llibres que els adults havien escrit expressament per a ells. En diuen «contes» i els protagonistes són nens i animals, que són amics i comparteixen jocs, perquè són com humans que parlen i tot... I el meu germà me'ls explicava i feia cares i canviava de veu. Va ser, sense tenir res, una persona meravellosa.

Jo de primer jugava, feia nines amb draps i amb pedres feia casetes, somiava molt, però vaig anar mirant el meu voltant, escoltava els cants dels ocells i vaig començar a conèixer-los, i crec que ells també em coneixien. Quan tornava a casa, el meu germà em preguntava: «Què has vist avui?». I jo: «Anaven un grupet d'ocells molt macos, les ales grogues i negres, el caparró rodó i negre i el bec vermell, refilant entre els arbres». «Segur que eren caderneres», em deia el meu germà content. «Després he vist una família de perdius, la mare davant i tres petits darrere, en fila, que la seguien. Ah!, i l'altre dia vaig descobrir dos d'ocells que no havia vist mai amb una bella cresta de colors, un bec prim i llarg i les plomes de color negre, marró i blanc». «Segur que eren una parella de puputs», m'informava ell tot seguit.

També em fixava sempre en els descarats corbs, molt cridaners. O en un grup d'abellerols, xisclaires, volant molt alt tots junts, amb uns colors tan bonics... Després desapareixien. Un pastor, amb qui ens trobàvem molts cops a la muntanya, va dir-me que feien els nius als talussos sorrencs a la vora de rius i rieres. Em va impressionar molt que tinguessin poca cura dels seus petits, qualsevol ratolí del bosc o animaló amb gana podia menjar-se'ls.

Mirava els ocells i veia el seu festeig, podien passar-se hores cridant d'un arbre a l'altre, amunt i avall. I després, construint els nius, amb branquillons i tot el que els servís que trobaven pel bosc. Les femelles ponien els ous i es quedaven a cuidar-los. Altres espècies d'ocells es rellevaven les femelles i els mascles i un cop trencats els ous, nascuts aquells animalons pelats sense plomes i lletjos, feien incansables viatges al niu per alimentar-los, i els petits tots amb el bec obert esperant que els fiquessin el menjar a la gola. Era tan ràpid el viatge amunt i avall dels pares... costava molt d'observar, però crec que donaven el menjar a un després de l'altre i no se'n deixaven mai cap. Quan creixien i començaven a sortir els petits del niu, aprenien a volar, amb la mirada atenta dels seus progenitors, que encara eren capaços de seguir-los per posar-los petits bocins de menjar a la boca.

De caràcters d'ocells també n'hi havia de molt diferents, hi havia els temorosos i covards que en veure's en perill marxaven corrent, sense pensar ni en els petits ni en les seves parelles, i altres que eren capaços de plantar cara a animals més grans, per protegir els seus nius. I alguns que cada dia se m'apropaven més i no em tenien por. Jo, pobra de mi, només podia tirar-los alguna molleta de pa. Un cop vaig veure que queia d'un arbre un ocellet que feia molt poc que havia nascut, va quedar mort a terra i de seguida van aparèixer dos o tres ocells grans cridant llastimosament pel petit difunt. Quan van marxar vaig apropar-m'hi i vaig veure sota l'arbre el petitó lleig, sense plomes, mort. Vaig quedar tan sorpresa del comportament i els sentiments dels ocells grans que sentien tant la seva pèrdua que vaig fer un forat i el vaig enterrar. Vaig sentir molta pena i em van saltar les llàgrimes pel petit i pels grans.

Mirava amb por les aus rapinyaires i carronyeres, però mai no ens van atacar. Volaven sobre els nostres caps observant els nostres moviments, vigilant-nos, però al final sempre marxaven. Jo parlava amb els meus animalons i això feia que ells estiguessin tranquils i confiats. I jo també em sentia més segura i acompanyada.

***

Els meus pares estaven contents de tenir un hereu. Les terres eren de la meva mare. Els meus avis només la van tenir a ella. Quan alguna cosa del camp no funcionava bé, tant la meva àvia com la meva mare sempre se sentien culpables. L'àvia per no haver sigut capaç de parir un noi, i la mare per ser una nena. Els seus pares no l'hi havien dit mai, però ella notava que no era prou estimada. Quan s'esforçava a fer feines del camp, l'avi li deia: «Deixa, que no veus que tu no tens la força d'un home?». Però ella estimava la terra que la maltractava. Jo vaig pujar com la meva mare, sense gosar a tenir cap iniciativa. Vaig venir al món així, sense força de voluntat i amb el cap baix, com ella.

Un dia el meu avi va decidir contractar un mosso que l'ajudés a la feina de la terra. Era un jove molt treballador i n'estava molt content. Ell de seguida se'l va posar a la butxaca i es va espavilar per enamorar la pubilla. Els meus avis van creure que era el millor partit per la filla, sabia cuidar les terres, i la meva mare també va semblar satisfeta amb aquell pretendent.

Quan van faltar els meus avis, el meu pare va anorrear ja del tot la meva mare. Ella, que ja era apocada i poca cosa, que no l'havien valorat mai i sempre havia tingut aquell sentiment de culpa, es va anar quedant esporuguida i completament anul·lada pel seu marit.

Nosaltres vivíem en una masia de pedra, construïda pel pare del meu avi, que era mestre pedrer. La va construir amb molta cura quan havia de casar-se, no estava gaire lluny del poble, s'hi podia anar caminant i allà a prop hi havia cinc masos, separats per les feixes de terra. Les terres eren de conreu amb oliveres, ametllers i petites extensions de cultiu de blat. Tots tenien una petita vinya i un hort per consum propi i per vendre les verdures al poble els dies de mercat.

El meu avi va fer petits corrals davant la masia també de pedra, en aquell indret la pedra no faltava. Una petita caseta per a un parell de porcs. Un altre cortiol on dormien les gallines i tres o quatre galls, que de dia corrien picant incansables pel terreny, elles sempre amb el seu cloqueig interminable i els pollastres trencaven, tot sovint, el silenci amb el seu quiquiriquic.

Quan l'avi ja era molt gran, ajudat pel seu gendre, va fer també molt a prop de la masia un forn on posàvem a coure el pa. Recordo de petita veure l'àvia ensenyant a la mare a cerndre la farina i a pastar la massa en la pastera, després la deixaven reposar perquè pugés. El pare omplia de llenya el forn i quan era ben calent coíem el pa. Encara recordo el pa calent i lo bo que estava... El gust tan bo del pa calent encara em ve a la boca... Després ens durava dies com acabat de coure.

Més apartat de la masia teníem un corral on tancàvem les ovelles després de tornar-les de pasturar al camp. A terra hi havia una fusta, que devia fer un metre quadrat més o menys, que s'obria cap amunt i tenia una escala construïda amb branques seques, que baixava a una petita estança sense cap finestra. La fusta quedava molt dissimulada sota el llit de palla del bens.

En el temps de la guerra, quan el meu pare i el meu germà ja havien marxat al front, una nit van picar a la porta. La meva mare, pobreta, va quedar sense saber que fer, amb les dues nenes agafades a les seves faldilles. Vam sentir una veu d'home que demanava per caritat que obríssim la porta, i la mare, completament temorosa, va anar a obrir. Davant nostre van aparèixer quatre soldats, no sabíem ni quin uniforme portaven de tan bruts i estripats com estaven, en comptes de sabates portaven els peus embolicats amb draps. Estaven prims i anaven sense afaitar, la veritat és que feien molta por, però ens van jurar que no ens farien cap mal, només volien descansar i si els podíem donar una mica de menjar. La mare els va deixar entrar esporuguida i tement-se el pitjor, dient que només era una dona amb dues nenes. Ells la van observar amb llàstima. Els va repartir el poc menjar que teníem, i va pensar en la petita estança que hi havia sota els bens. Amb una espelma i una manta els va acompanyar, els va donar aigua de la font i va dir-los que ella l'endemà al matí els aniria a obrir. Van estar uns dies amagats, sortint molt poc, una estona per estirar les cames i perquè els toqués una mica l'aire, la mare els donava a menjar tot el que podia, i alguna roba del meu pare i del meu germà. Eren bona gent però amb molta por, poc van parlar però se'ls notava l'agraïment. Una nit van dir que ja estaven més forts i que durant la matinada marxarien, l'endemà quan hi vam anar ja no hi eren, i no els vam veure mai més.

Davant la masia hi havia una petita placeta de terra una mica alçada, estava presidida per una figuera verda, forta, que sempre donava moltes figues que, madures i seques, eren un important aliment per nosaltres, després d'assecar-se sobre un encanyissat per menjar-les durant l'hivern. A sota la figuera a l'estiu s'hi estava molt fresc, nosaltres de petits hi jugarem molt i ens enfilàvem per les seves branques. L'àvia en aquella placeta sempre tenia plantes amb flor, però el meu pare no va deixar que la mare, quan es van morir les que hi havia, n'hi plantes més, ell deia que si el que cultives no serveix per menjar és perdre el temps i els diners. Darrere la masia hi teníem l'era per batre el blat, ni massa gran ni massa petita, la justa per a uns masovers humils.

Era la masia més propera a la font, per això tots la coneixien com la masia de la font, on anàvem a buscar l'aigua per beure i cuinar, la que fèiem servir per netejar la recollíem de la pluja. Apartat de la masia, camí al poble, hi havia un petit riu on la meva mare rentava roba, cada dues o tres setmanes, i miraven de coincidir diverses dones de les masies dels voltants i del poble i així tenien una mica d'esbarjo.

A la masia només teníem una estança amb una tauleta, quatre cadires, un banc, un prestatge a la paret amb plats, gots i unes tasses que havíem de conservar amb molta cura perquè si es trencaven, no era fàcil reposar-les. I comprar... només ho feia el meu pare quan anava amb el carro i la mula al poble a vendre la verdura i els ous, i encara després de molt rondinar i renegar. També passaven comerciants a vendre estris necessaris per a la llar que transportaven a les seves cavalleries, o bé gitanos que tenien molta manya per posar les grapes a les olles o als objectes de terrissa esquerdats.

Teníem un foc a terra que servia per coure el menjar i que ens escalfava del fred de l'hivern. Al mig del foc hi havia una cadena amb un ganxo del qual penjava un calderó, era on posàvem les peladures de patata i les sobres per fer el menjar dels dos porcs que teníem abans de la guerra, perquè durant la guerra ens els van prendre i no vam poder comprar-ne cap més. Per il·luminar-nos teníem uns llums d'oli que feien molt poca claror, sempre anàvem a dormir quan encara quedava una mica de llum de dia.

A l'entrada de la masia hi havia el matxo, l'únic luxe que ens podíem permetre en aquell temps, per ajudar el meu pare en les feines del camp. Allà tenia una petita quadra amb una pallissa a sobre amb la palla que li tiràvem perquè mengés. La quadra era on anàvem a fer pipí, a una pedra gran que hi havia a l'entrada, perquè no teníem vàter.

A la petita pallissa que feia de teulada dormia en Pau, un nen que van abandonar uns gitanos que van passar pel poble quan feia poc que havia nascut i que els meus pares van arreplegar. Mai el vam tractar com de la família, l'ignoràvem, i tots consideràvem normal aquesta relació. Igual que era normal que el nostre pare pràcticament ens ignorés o que no haguéssim vist mai somriure a la nostra mare, ni gosar a portar-li la contraria, ni tan sols atrevir-se a mirar-se'l als ulls, sempre parlant a mitja veu.

Ara m'adono de com havíem estat de cruels amb en Pau, tot i que tampoc és que nosaltres rebéssim molt millor tracte. No és que ningú el maltractés, només que era ignorat. Ell menjava, anava amb el pare al camp, però era com un animalot més a casa i a sobre els meus pares se sentien molt generosos, esperant que Déu els premiés per l'obra de caritat que feien de tenir-lo dormint a la pallissa. Un cop que jo estava jugant amb ell i que, pobret, es veia molt content, el meu pare ens va fer un crit i va dir: «Deixa de perdre el temps amb en Pau, que té feina i ha de netejar el corral dels porcs». Ara recordo amb pena que mai més vaig ser capaç d'acostar-m'hi. Tot al contrari, un dia que estàvem tots dos amb el matxo i el trill, jo vaig pujar a donar-li un parell de xurriacades al pobre animal, perquè anés més de pressa, crec que va ser una manera de demostrar-li que manava més que ell, llavors em va mirar amb tristesa però no va dir res. Segurament que a les nits era al matxo a qui li explicava les seves coses. Jo algunes nits encara em desperto suada, amb el record de les xurriacades i els ulls d'en Pau que em miren. Un dia en Pau va marxar sense dir res. Nosaltres ni vam parlar-ne, el meu germà li va preguntar al pare per ell i només ens va dir: «Ves a saber on anirà a parar aquest desgraciat. Aquest matí he vist que havia marxat, després de tot el que hem fet per ell, que dormia sota la nostra teulada i menjava a la nostra taula. Si el trobo, li faré pagar la seva ingratitud».

Però ningú es va preocupar pel seu destí. Ens vam treure un pes de sobre. L'únic que vam notar és que teníem més feina a repartir, però una boca menys per alimentar. Potser el matxo va ser qui més el va trobar a faltar, al cap de poc va morir de vell sense la seva companyia. Només un cop algú del poble va dir: «Crec haver vist al Pau per la costa, però igual no era ell». I tot va quedar aquí.

A la masia hi havia una escala estreta que pujava al pis superior i donava a una estança oberta, amb canyís al sostre i bigues de sabina on penjàvem les panotxes. L'estança estava dividida amb una cortina. Li va costar tant a la meva mare que el seu marit comprés la roba de la cortina en les parades del poble on ell anava a vendre les verdures i els ous! El meu pare no se la va endur mai a ella, tan sols es feia acompanyar pel meu germà.

A l'altre costat de la cortina dormia jo amb la meva germana petita, i en una petita habitació separada per uns sacs penjats dormia el meu germà. A un costat de l'estança hi havia el graner, fet de parets que pujaven més o menys un metre del terra, sense teulada, i allà s'hi tirava el gra perquè es conservés sense sacs (així es feia més difícil que hi arribessin les rates).

Quan tenia deu anys vaig tenir una gran sorpresa. Va venir un mestre a donar classe, ensenyar a llegir i escriure als nens del poble i de les masies properes. El meu germà i la meva mare van estar molt contents, però el pare tenia por que no l'ajudéssim amb les feines del camp i amb els animals. Li va costar molt d'acceptar que anéssim a escola. I que jo també hi anés, perquè creia que una dona no tenia per què aprendre a llegir i escriure. Només que sabés cuinar, tenir cura de l'hort i dels animals i ser una bona paridora ja n'hi havia prou. El meu germà va fer costat a la meva mare, ells creien que una dona tenia tot el dret d'aprendre a llegir i escriure. Jo crec que va ser la primera vegada que vaig veure la meva mare donant la seva opinió i parlant més temps seguit amb el meu pare, però llavors estava secundada pel marrec del meu germà.

Altres pares pensaven com el meu i van posar el crit al cel. Però també ens van ajudar d'altres que estaven més conscienciats en l'educació dels seus fills i els germans grans que volien que no fossin uns ignorants com ells, ja que creien que era una gran oportunitat. El mestre, home de molta paciència que no es deixava vèncer fàcilment, va anar parlant amb tots els pares del poble i de les masies, finalment va aconseguir que un grup de nois i noies del municipi poguéssim anar a l'escola. També, dos dies a la setmana a la nit, donava classe als nois més grans que no sabien de lletra i treballaven tot el dia al camp. L'escola estava a quatre quilòmetres d'on vivíem nosaltres. Havíem de fer vuit quilòmetres al dia i no descuidar la feina de casa. El meu germà i jo ens alternàvem per portar a pasturar els bens i algun dia també ho feia la nostra mare.

Jo somiava amb una vida diferent, més que res pel que sentia dir al meu germà, i les coses que deien, quan venien al poble, algunes noies més grans que havien anat a servir a la ciutat. Però jo, més enllà de la masia on havia nascut, no coneixia ni sabia com es vivia en altres llocs. Al poble només hi havia una petita tenda de queviures i la vida no era gaire diferent de la que fèiem a les masies.

Les noies que marxaven a servir a la ciutat deien que anaven a netejar, planxar, cuinar, fer la compra... jo no entenia ben bé que anaven a netejar. En un indret on en aquell temps no arribava la ràdio, ni el cine, ni cap mitjà de comunicació, era difícil comprendre un món tan diferent del nostre. I més encara per als que érem petits, que si no fos per algú com el meu germà, o per les noies que venien de la ciutat, ningú no ens n'explicava res.

Un dia que va venir al poble la Llúcia, que servia a Saragossa d'ençà que havia mort el seu pare, ens va explicar a les amigues: «No podeu imaginar-vos quines cases tenen: cuines grans amb aigua, el menjador separat de la cuina, unes làmpades de vidre amb llum elèctric, que costen molt de netejar, i tothom té la seva pròpia habitació amb armaris per posar la roba, i a més tenen un quarto on van a fer les seves necessitats. Les dones i les seves filles tenen molts vestits per posar-se i es canvien de roba fins i tot dos cops al dia». Deia que conviden altres membres de les seves famílies o els amics a sopar o dinar a les seves cases. Jo, per més que hi pensés, no ho podia imaginar.

***

Però què em passa? On estic? Porto una bona estona recordant coses de quan era petita. I ara penso en allò que explicaven del temps de la guerra, que quedaves tancat a una habitació i et deixaven morir lentament. Tot està molt fosc i sento remor de persones que parlen molt fluixet. Hi ha algú aquí? No estic sola, però no puc cridar ningú. Igual em deixen morir lentament, com m'explicaven de petita. Bé, potser em confonc, potser no m'ho va explicar ningú i era un somni que tenia en aquell temps... o potser és que tota la meva vida l'he somiada?

***

El meu germà m'espera, encara és una mica fosc però marxem contents a l'escola. Abans havíem anat a buscar aigua i donar menjar a les gallines. «Ei! Què fas?», li crido sorpresa. Ell sabia l'esforç de la mare perquè poguéssim portar espardenyes, la majoria dels nostres veïns joves anaven descalços. Se les va treure, però no va deixar que ho fes jo, va dir: «Tu encara ets petita i tens la pell molt tendra». I les va amagar en una roca foradada del camí. Ho feia sempre que anàvem a l'escola, per no gastar-les. Només ho sabíem ell i jo. Quan tornàvem les agafava del forat i se les posava als peus tot content. El meu germà era un esmolet! Cada dia passàvem pel mateix camí, fent una mica de volta perquè hi havia una masia on vivia una pagesa molt amable que ens saludava: «Vailets espavilats, que vagi bé l'escola, apreneu molt!». Nosaltres li donàvem les gràcies i li demanàvem permís per anar a veure la burreta. «Sí, que ella ja espera la vostra visita». Entràvem i li fèiem quatre carícies quan encara estava dins la quadra, i aprofitàvem per menjar unes quantes garrofes de la seva menjadora. Teníem tanta gana! Jo crec que la pagesa ja ho sabia, perquè a l'estable sempre hi havia garrofes fresques.

Quan vam començar a anar a l'escola ens van donar uns llapis i unes llibretes. El meu germà va començar a fer dibuixos de tot el que veia i l'envoltava: animals, arbres, el cel, companys d'escola... Però havia d'amagar-los corrent quan apareixia el meu pare. Li deia que perdia el temps, que no es necessitava saber fer aquells gargots per cuidar els camps i els animals, i que prou feia deixant-lo anar a l'escola. Jo no he guardat cap d'aquells dibuixos. La meva mare sempre deia: «Fill, són preciosos».

Un dia van venir a buscar el meu pare per a anar al front. Allò va ser una sotragada, però la veritat és que vam passar una temporada molt tranquil·la, inclús a la mare se la veia més contenta. Un temps més tard, quan encara era un nen el meu germà, el van cridar a files per anar a la guerra. Això sí que ens va deixar sense consol. Va marxar tan trist! Ens va omplir de petons i abraçades, s'esforçava perquè no ens preocupéssim, fent plans per quan tornés, dient-nos que ens trobaria molt grans, a mi i la meva germana. «Quan torni hauré après a millorar els conreus i podré plantar coses noves, i quan anem a vendre al mercat serem els que portarem les millors verdures. Recorda: no deixis mai de mirar el cel i tot el que t'envolta, els núvols i veure-hi formes que et facin riure i somiar. Mira els ocells i tots els animals amb afecte, aprèn a respectar-los, cuida bé els bens i, sobretot, mira de donar molt amor a la mare perquè no estigui tan trista». Però no el tornaríem a veure mai més. No va tornar i no sabem ni com va morir ni què va passar amb el seu cos...

***

Per què penso tant en ell últimament? Me l'estimo molt. Ara torno a sentir un soroll. Ah, ja sé què és! És el brunzit de les cigales mascles, que fan aquest so estrident i monòton tan fort com poden. No es cansen mai quan la calor és tan forta. I com més calor fa, més produeixen el seu so. Amb en Jaumet, un veí de la masia, el pastor amb qui ens trobàvem pels camps, jugàvem a descobrir cigales. Mira que n'era de difícil, perquè quan t'hi acostes les punyeteres paren de fer el seu soroll.

Que ximple soc, m'he quedat adormida mentre les ovelles pasturen. Adela, desperta! Sí, sí, estic desperta, però no veig la llum del sol, ni sento l'olor del romaní i de l'espígol, no puc moure'm i tot és fosc, només sento el cant insistent de les cigales. Però no pot ser que cantin, no fa calor, no és el seu cant, és un soroll estrident que no para. No puc moure'm per més que hi maldo. Que sola em sento!

***

Ara recordo que una vegada, mentre estava amb les ovelles, vaig sentir un soroll darrere meu. Però no era una ovella, era un home certament inquietant, petit, pelut, que em mirava amb cara estranya. Vaig pensar que tenia gana. En aquell mateix moment vaig sentir un crit. Era en Jaumet que em cridava, i l'home, en sentir-lo, va desaparèixer corrent. En Jaumet va arribar al meu costat volant i em va preguntar si estava bé, si aquell home m'havia fet mal. Jo en aquell moment no vaig entendre res, però vaig estar pensant-hi durant molt de temps; havien de passar alguns anys perquè ho pogués entendre. Però va quedar-me molta por i sempre que estava pel camp i sentia qualsevol soroll pensava que apareixeria aquell home. En marxar, abans de sortir corrent, va mirar-me i va fer-me un somriure ensenyant la seva boca quasi sense dents que em va posar els pèls de punta. També em va impressionar molt com de preocupat es va quedar en Jaumet, a partir de llavors sempre el tenia a prop i ens trobàvem molt més quan sortia a pasturar les ovelles, i em deia: «Tu, qualsevol ensurt que tinguis o si se t'apropa un estrany, crida, que jo sempre estic a prop».

***

Mare, mare... penso tant en tu, mare! Sí, fa molts anys que és morta, ella va tenir una vida difícil i callada. Ara comprenc el seu silenci. Sempre em deia: «Filla, no vull que tinguis la meva vida, sigues forta, no deixis que t'humiliïn com m'ha passat a mi». Sovint penso en tots els seus patiments i en les malifetes del meu pare...

***

Els dissabtes era costum que els homes, quan acabaven la seva jornada de feina, es trobessin per anar tots junts de masia en masia bevent vi als cellers. Nosaltres teníem les botes i un mínim rebost a l'espai del costat del matxo. Feien una mena de competició tastant qui feia el vi més bo amb les seves petites vinyes, i també jugaven a la morra. Les dones i els fills no podíem molestar-los. Ni gosàvem fer-ho. Procuràvem anar a dormir aviat i estar molt quiets perquè no ens sentissin.

Altres dies la mare es quedava al costat de la llar de foc sargint mitjons o llençols fins tard, amb un gatet que s'estimava molt i que no sabia viure sense ella. Sempre la seguia amb la mirada i quan seia, acabada la jornada, es posava sobre les seves cames roncant feliç. No tenia ni nom, li dèiem «gat». No era massa normal en aquell temps que es tingués molta estima pels animals i ells més aviat fugien de la presència de les persones.

Un dissabte qualsevol, quan nosaltres estàvem quiets al llit mirant de dormir, vam sentir la veu del pare que cridava: «Gat, gat, gat. On ets, maleït gat?», i vam sentir que el gat xisclava espantat. Nosaltres vam córrer al costat de la mare sense atrevir-nos a dir res. Només el meu germà mussitava: «Quan jo sigui gran no faré aquestes coses i et protegiré, mare». Després es van acabar els crits del gat i molt de temps després les rialles dels homes que s'acomiadaven alegres i contents. Els germans i jo vam marxar corrent al nostre llit i després d'una estona l'únic que vam sentir eren els gemecs del meu pare i el silenci de la meva mare. Això ho vaig entendre més tard, que per molts homes les dones som un simple objecte.

No vam tornar a veure'l ni se'n va parlar més del gat, només uns dies després, mentre menjàvem, el meu pare, com aquell que no vol la cosa, va dir: «No és gaire diferent el gust del conill i el del gat». La mare va aixecar-se a recollir els plats però jo vaig veure com dues llàgrimes li queien galtes avall.

A la meva mare només la veia una mica contenta, amb les galtes vermelles i un somriure murri, quan tornava de rentar del riu. Estic convençuda que era el seu moment de més llibertat. Allà no hi havia cap home controlant. Crec que a totes els passava més o menys igual, perquè també elles tenien la vida molt dura. La cara de contenta li durava un temps, mentre anava pensant en allò que havien parlat amb les seves amigues esperant que s'eixugués la roba estesa a sobre de les mates de romaní. Allà, les dones, que es coneixien de petites, parlaven, reien, contaven històries, xafarderies...

El temps va anar passant, jo em feia gran i vaig aconseguir acabar l'escola i aprendre a llegir, escriure i, fins i tot, dividir. Després, de gran, aprendria moltes coses més. Vaig adonar-me que creixia perquè els homes em miraven i em feien bromes. «Que gran s'ha fet la mossa de la casa de la font!».

***

Però, què em passa? Què hi faig aquí gitada? Ah, sí! Ara recordo que estava a casa i vaig començar a ofegar-me i marejar-me... i no recordo res més. Bon ensurt deu haver tingut el Rafel. Jo ja feia temps que li deia que no em trobava bé. Devia quedar-me sense moure'm i sense contestar-li i segur que va demanar ajuda a la Vicenta, la veïna del replà, que és bona amiga nostra. Haurien avisat una ambulància i al Joan. Dec estar a l'hospital?

***

Pobre Rafel, quin canvi tan gran ha fet d'ençà que va venir del poble! És un home decidit, emprenedor, gens vergonyós i molt espavilat. És com si ho tingués tot apuntat, per escrit i al dia. I té molta paraula quan fa algun tracte. Que grans ens hem fet tots dos! Quan el vaig conèixer anava amb un carro i una mula, era de la masia més allunyada de la nostra i teníem la mateixa edat. Ens vam mirar i saludar, jo vaig passar de pressa i ell em va dir: «Adeu, guapa». El cor em va fer un bot i va començar a bategar molt fort. Vaig posar-me vermella i, molt vergonyosa, li vaig fer un petit moviment de cap. Uns dies després va demanar permís al meu pare per festejar-me.

Com ha canviat aquest home, tan primitiu i apocat quan va arribar a la ciutat. Un home que poc sabia expressar-se, que era vergonyós i anava mal vestit, per no tenir no tenia ni mocador, que es mocava amb els dits fen setze, i ara acostuma a parlar amb tota mena de gent presentant-se a tot arreu sense vergonya. Va tenir molta voluntat de formar-se. Ja era educat i respectuós. Ara tothom l'estima molt, fa goig i té una elegància innata, fins i tot porta mocador de fil amb el nom brodat. Me'n sento molt orgullosa.

Sort he tingut de tenir en Rafel a prop. I jo encara tinc present aquell home valent de quan venia a veure'm a la masia, caminant quatre quilòmetres a la nit des de la seva, només guiat per la llum de la lluna i les estrelles, per rebre de mi tan sols mirades d'amor i alguna petita carícia de la meva mà, sempre perseguits per la mirada d'algú de la família que estava a prop. Però en teníem prou i els nostres cors s'acceleraven i ens sentíem molt feliços i no necessitàvem res més. Que valent ha sigut aquest home que va ser capaç de buscar-me per tota Barcelona fins a trobar-me!

***

Estic sola, és com si m'hagués quedat adormida i en despertar, a més d'estar sola, tingués tots els meus moviments controlats, inclús la respiració. M'és difícil mantenir els ulls oberts, em pesen molt les parpelles. No, no estic sola, torno a sentir veus, cada cop em preocupa menys no tenir companyia. Si pogués dormir! Sí que he dormit, sí, em trobo descansada i ara soc conscient que estic desperta i que tinc algú proper, però... és de nit o de dia? S'acosta algú, tinc la sensació que m'està mirant però jo no veig clarament qui és, em diu que estic a l'hospital, que he tingut una parada respiratòria i estic connectada a un aparell que m'ajuda a respirar. Ara entenc perquè en els pocs moments que tenia de lucidesa, en respirar semblava que em barallés amb mi mateixa. Diu que és una infermera i que quan ha passat el metge ha comprovat que estava molt millor, m'han rebaixat la sedació i demà igual la retiren del tot i a partir d'aquí deixarien que passés a veure'm el meu marit. He tractat de somriure per demostrar que ho havia entès i donar-li gràcies però no he pogut. De tota manera crec que ella s'adona que l'he entès. Em toca la mà i em fa una mirada afectuosa i un somriure. Ara ja no tinc por, perquè ja sé que estic a l'hospital.

***

Duran els anys de guerra la vida va ser molt difícil, el poble i les masies només estaven habitades per gent gran, dones i criatures. Les dones més joves van veure la necessitat de fer-se càrrec de la situació i passàvem per totes les cases per tractar d'ajudar i col-laborar, per mantenir els ànims, per tenir cura de les persones grans i febles. Van ajudar a sobreviure, compartint el poc que tenien, conreant els horts, compartint els pocs animals, tractant de caçar o posar trampes per a alimentar a les criatures i els més vulnerables, però tot i els grans esforços, van ser molts els que no van sobreviure.

Acabada la guerra i veient que no tornaven ni el pare ni el germà i que no en sabíem res ni de l'un ni de l'altre, la mare, deixant a casa d'una veïna i amiga la meva germana petita, em va agafar i vam marxar a Barcelona per mirar de saber-ne alguna cosa. Si no, almenys tractaríem de portar alguna cosa de menjar. Jo no hi havia estat mai en aquella gran ciutat i ella havia estat a una Barcelona molt diferent, només tres dies, quan es va casar. Temps suficient per dedicar un dia a anar a Montserrat.

Va ser un viatge difícil i llarg, canviant de trens, caminant molt, sempre tapades i amagades per no cridar l'atenció. Al final vam arribar a Barcelona brutes, cansades i desorientades. Però era de la forma que veies que anava la majoria de la gent, perduda, sense saber on anar, sense tenir ni casa. Ella pensava que algú ens podria donar noves o fins i tot trobar allí, entre la munió de gent caminant d'esma, algun dels nostres homes. Era ben difícil, per no dir impossible, però teníem tanta por, i no sabíem que fer... Va ser la primera vegada que la meva mare va prendre una decisió per ella mateixa.

Jo no havia sortit mai del poble, quina ciutat tan gran! D'espais amples, però no de cel ni camp sinó de cases de pisos, alguns automòbils, molts carros i cavalls, bicicletes, alguna moto, amb gent amunt i avall, sense conèixer ningú i sense preocupar-se els uns dels altres. En aquell moment vaig veure la meva mare completament perduda sense saber on anar ni què fer. Podíem veure aigua de les fonts però res més, era quasi de nit i no teníem on anar ni què menjar, així que vam posar-nos a dormir en un banc, cosa que no ens va costar gaire perquè estàvem tan cansades! Allà a prop nostre hi havia moltes persones també estirades unes contra les altres, fitant-ho tot i a tothom amb mirada desconfiada i cansada.

Quan es va fer de dia vam anar a una font a rentar-nos una mica, ni que fos la cara, i després vam veure amb sorpresa que passaven unes dones d'edat indeterminada que repartien llet i pa entre els pobres desgraciats que rondàvem pel carrer perduts. Per mi va ser un gest de generositat que no agrairé mai prou i vaig veure que en aquella monstruosa ciutat algú es preocupava pels més desvalguts, que érem en aquell moment els que estàvem pels carrers.

Ens vam posar a caminar sense saber on anàvem, tot ho vèiem igual i era impossible trobar algú conegut. Que innocent era la meva mare! Quan veia algun soldat o un policia li preguntava pel meu pare i el meu germà. Cada un reaccionava diferent, uns reien i altres tractaven d'ajudar-la, però nosaltres tampoc teníem cap informació concreta per donar-los per més que ens preguntessin. No sabíem ni on havien anat a parar.

Cansades, sense menjar i cada vegada més brutes, vam anar a seure a un altre banc. Vaig veure que a l'altra punta hi havia una senyora ben vestida que ens mirava amb cara més de pena i compassió pel nostre aspecte que no pas de fàstic o rebuig. Aquella senyora va preguntar-me si tenia gana. Vaig mirar la meva mare i ella amb un moviment de cap va donar-me el seu consentiment, la senyora em va donar un tros de pa i jo li vaig donar la meitat a la meva mare. Vam menjar amb tant de desfici que jo encara recordo com va ser de bo aquell tros de pa. No n'he menjat mai cap de tan bo, semblava el que feien l'àvia i la mare al poble. Aquella senyora ens mirava amb cara trista i, fent-se càrrec del nostre estat, tot de cop li va preguntar a la meva mare d'on veníem i què ens havia portat a la ciutat. Li va explicar que havia perdut l'home i un fill, que havien marxat a la guerra, i pensava que potser podria trobar-los a Barcelona, però ja veia que era impossible i l'únic que podia fer era tornar al poble on havia deixat l'altra filla a casa d'una veïna.

Llavors ella es va presentar dient que vivia al centre de la ciutat i que estava sola i que si volia, podia quedar-se amb mi, que l'ajudaria a casa i que almenys no em faltaria un plat a taula. De sobte vaig sentir com si se'm trenqués el cor en escoltar aquella petició. Em vaig girar cap a la meva mare, que estava molt callada. Tenia els ulls tancats, però li regalimaven les llàgrimes. Devia sentir un intens dolor, tan fort com el meu, però al final va decidir deixar-me a Barcelona.

La senyora li va donar a la meva mare un paper amb la seva adreça apuntada i tot el menjar que portava, per sort havia sortit a comprar i duia diverses coses per menjar. Així va ser com la meva mare em va deixar a càrrec d'aquella dona que no coneixíem de res. Després de fer-nos una abraçada i petons, com mai ens n'havíem fet, vaig veure, amb tot el meu dolor al cor, com la meva mare marxava per agafar el tren i tornar amb una mica de sort al poble. Es va girar amb llàgrimes als ulls per dir-me adeu i enviar-me un petó que va ser l'últim. No la vaig tornar a veure mai més.

Estava molt confosa pensant si la meva mare havia fet bé deixant-me amb una persona estranya. No sabia si havia d'estar contenta o sentir-me bescanviada per una mica de menjar. Aquest pensament em va durar molt temps i potser això va fer que no la trobés a faltar. Molt de temps després, especialment quan he tornat al poble, m'he sentit malagraïda perquè segur que per ella va ser una decisió molt dolorosa. Devia consolar-se pensant que almenys una de les seves filles no es moriria de gana.

Assegudes al mateix banc, la dona tenia el cap baix i jo no m'atrevia a mirar-la. Estava morta de tristesa i de pena, tenia molta por perquè no sabia què seria de la meva vida a partir d'aquell moment. Em sentia abandonada en un món estrany, passaven persones pel costat sense mirar-nos, desconegudes, jo estava acostumada a conèixer totes les persones que veia cada dia, i aquí tothom passava sense dir-se res. A poc a poc vaig aixecar el cap i vaig mirar-me la senyora que tenia al costat, ella també em mirava, semblava que amb estima i llàstima. Després d'estar observant-me una estona em va preguntar com em deia. Llavors vaig adonar-me que no sabíem ni els nostres noms. «Adela», «Jo Mercè». Va dir-me: «Anem, Adela». Em va agafar molta por, es veia bona dona però jo tenia por. Les noies que tornaven al poble explicaven coses lletges de la gent de ciutat... Jo no sabia si era veritat o si deien aquestes coses per fer-me por o per demostrar que elles coneixien el món millor que jo que no havia sortit mai del poble.

Vam començar a caminar, totes dues anàvem mirant-nos amb recel i pensant que l'altra no se n'assabentava. Vam passar diverses cantonades i quan portàvem un bon tros vam arribar a una porta molt gran i va dir-me: «Mira, és aquest portal». Va obrir amb la seva clau i vam entrar. Era una entrada maca, molt ben decorada amb molts daurats. No havia vist mai una cosa igual, no em podia imaginar que una escala pogués ser així. Al sostre hi havia penjat el que després vaig saber que era una làmpada, que tenia daurats i molt de vidre. Vaig adonar-me que era allò que deien les amigues del poble que costava tant de netejar. I les parets estaven cobertes de flors pintades, com no ho havia vist mai. I vaig tenir un ensurt quan vaig notar que trepitjava a terra una roba gruixuda i tova, que semblava molt suau, amb flors precioses de molts colors. Vaig tirar-me enrere per no trepitjar-la. La senyora Mercè va dir-me: «No pateixis, pots caminar tranquil·la. És una catifa». I el més estrany és que al fons d'aquell gran vestíbul amb daurats, quadres i plantes hi havia una gran escalinata tota d'una pedra blanca i llisa (després vaig saber que era marbre) i al costat unes reixes, fetes de ferro caragolat i treballades amb formes molt boniques, com flors i fulles, i pintades de color grana. Pel mig anava baixant, lentament, una mena de caixa de fusta i vidre treballat amb unes nanses daurades per obrir-la. Quin ensurt quan es va obrir la porta i en va sortir un home de dintre! Es va girar i després de tancar les dues portes petites de la caixa, va tancar la porta gran de ferro, i va passar pel costat nostre dient «bon dia» com si res. Jo no me'n sabia avenir, semblava com si aquell senyor hagués aparegut volant, era com un petit avió passant pel forat de l'escala. No podia imaginar-me res igual, les noies del poble no m'havien parlat mai d'un artefacte així.

Una senyora amb davantal que estava traient la pols a l'escala ens va dir «bon dia» i la senyora Mercè va contestar-li «bon dia». Vam caminar pel vestíbul, sobre la catifa, que jo no parava de mirar. Vam posar-nos dintre del que va dir-me la senyora Mercè que era un ascensor i es va començar a moure cap amunt. Em vaig espantar tant que vaig agafar-me fort a ella, que va somriure i va dir: «No tinguis por, Adela, així no hem de pujar per l'escala». L'ascensor va parar-se i vam sortir a fora al replà.

La senyora Mercè, molt decidida, va obrir una porta, va encendre el llum i va dir-me: «Això és el rebedor». Era una habitació tan gran com mitja casa del poble. «Passa, que t'ensenyaré la resta de la casa». Vam entrar a la cuina. Que n'era de gran! Estava envoltada d'armaris on tenia els estris de la cuina. Tenia com un taulell blanc per posar-hi plats i coses de menjar. Hi havia com un gibrell que a sobre tenia una aixeta enganxada a la paret i d'aquella aixeta en sortia aigua, sense haver d'anar amunt i avall amb càntirs o gerres. També, només amb un llumí s'encenia foc per fer el menjar i podia cuinar dreta sense ajupir-se a terra. Hi havia un armari que tenia un tros gran de gel, amb diversos prestatges on es posava el menjar i així no es feia malbé i podies guardar-lo uns dies.

Tota la casa a les nits tenia llum que sortia d'unes bombetes transparents de vidre. Ella em mirava sorpresa perquè se li devia fer una mica difícil adonar-se del que jo estava descobrint, tot un món nou. Tenia molts plats, gots, coberts com per poder menjar moltes persones alhora. Nosaltres al poble fèiem el menjar amb una olla o una cassola, teníem una forquilla i una cullera per cada un i menjàvem tots de la cassola posada al centre de la taula. Quan acabàvem de menjar ho posava tot en una galleda i anàvem a rentar-ho a la font. Agafava herbes i terra que rasqués i després ho esbandia i cap a casa, fins a la pròxima menjada. M'ho mirava tot tan sorpresa i confosa que la Mercè va dir-me: «No et preocupis, petita, que ja t'acostumaràs».

Al costat de la cuina la senyora Mercè va obrir una porta i va aparèixer una habitació amb un llit, un armari, una tauleta, una cadira i una butaca; tenia unes portes amb vidres que donaven al carrer, amb unes cortines molt boniques i un cobrellit que feia joc. A mi va semblar-me preciós. Vaig pensar que era l'habitació de la senyora de la casa. Va obrir una porta i dintre hi havia un vàter, un lavabo i una banyera, i després va dir-me: «Què et sembla aquesta habitació i aquest quarto de bany? Serà el teu». Jo vaig quedar tan sorpresa que no em sortia ni la veu. No m'ho podia creure, no podia ni donar-li les gràcies, ni sabia com havia de pagar-li. Ella va dir-me: «Tranquil·litza't, Adela, queda't una mica descansant al teu quarto i després parlarem del menjar».

En quedar-me sola i obrir les portes balconeres vaig sortir a un balcó des d'on veia el carrer, em va fer la impressió que estava a la trona on predicava el capellà del poble. Davant tenia un carrer ample amb arbres i la gent anava amunt i avall. Vaig pensar que tots haurien vist que jo sortia al balcó, però seguien el seu camí sense mirar-me. En entrar a l'habitació vaig tenir un gran ensurt, era com si tingués davant meu una noia desconeguda mirant, em vaig quedar bocabadada... Era jo. Hi havia un mirall que em va semblar enorme, mai a la meva vida m'havia vist tota sencera, no podia deixar de mirar, em semblava impossible.

Nosaltres, a la masia, a més d'anar a fer pipí a la quadra del vell matxo, la caca la fèiem, si les ganes no ens venien pel camp, al corral de pedra que teníem al davant, on hi havia els porcs. Pujàvem a sobre d'una pedra per arribar a un tros de fusta amb un forat. Per allà anava caient tot sobre els porcs. Tenia temor cada cop que hi anava per si em mossegaven. Jo els portava alguna cosa de l'hort perquè s'entretinguessin menjant. Sembla injust estar-se sempre allà dintre, esperant que t'engreixis per menjar-te i a sobre et caguin al damunt. Però això és un pensament que he tingut després, de gran, perquè quan era petita això em semblava d'allò més normal. I ara la senyora Mercè m'oferia un vàter per a mi sola, i tenir un lloc per rentar-me. Un llit per a mi, tota una habitació... No m'ho podia creure, abans només estava separada dels altres per cortines.

Al poble, els nens, quan començava a fer bon temps, anàvem a banyar-nos al riu. Jugàvem, ens ho passàvem molt bé i així ens rentaven. A l'hivern amb prou feines ens tocava l'aigua. A partir dels dotze o tretze anys les nenes ja havíem d'anar al riu a rentar-nos a la nit, perquè els homes no ens veiessin lleugeres de roba. I com que els nois del poble ho sabien venien a cridar i a tirar pedres, com si el fet de rentar-se fos vergonyós. Devien ser els mateixos que anaven als corrals a treure els ulls a les gallines.

Però no vaig trigar gaire a sortir de la meva habitació, la veritat és que tenia molta gana. Quan vaig sortir, la senyora Mercè tenia els ulls molls i la cara trasbalsada, però tan sols va dir-me: «Vine, anem a menjar que ja farem plans de feina per demà». Mentre menjàvem pensava en la meva mare, que almenys pogués arribar bé al poble!

Vaig adonar-me de seguida que la senyora Mercè estava molt sola i que era una bona persona. Va dir-me que feia anys que vivia sola. No parlava mai de la seva vida i tampoc no em preguntava a mi per la meva. Era amable, tenia interès que aprengués coses. Estava contenta i sorpresa que sabés llegir i escriure. M'ensenyava a cuinar, a cosir, i comprava revistes perquè practiqués la lectura, i després va començar a donar-me llibres. Sempre que no entenia alguna cosa, ella m'ho explicava de la manera més planera i fàcil d'entendre.

Per ella vaig tenir coneixement de què hi havia una vida diferent de la que jo havia portat fins llavors. Que tots teníem els mateixos drets, els homes, les dones, els infants, les diferents races, els animals, la natura... Que hi havia moltes maneres de viure, que tots mereixem un respecte i tots hauríem de tenir una oportunitat a la vida.

A sobre dels mobles tenia alguna fotografia de gent gran, jovent i canalla. Si jo algun cop li preguntava qui eren, em deia:

«Temps passat i gent estimada que he anat perdent pel camí», i se li negaven els ulls.

Va passar el temps. Jo, cada dia, gràcies a la senyora Mercè, aprenia una cosa nova. Ens vam arribar a respectar i estimar. Però jo no sabia res del seu passat i molts cops pensava que la seva vida tampoc havia sigut gens fàcil. En alguns moments durant aquells dies em preguntava per què la vida de la meva mare era tan diferent de la d'ella. Només pel lloc on has nascut?

Abans de tot va ensenyar-me a encendre el foc. Per a mi, que sempre havia cuinat a terra, era com un somni encendre el foc amb un llumí i tenir aigua calenta en un moment. Em va donar roba per posar-me. No va dir de qui era però m'anava prou bé.

El primer dia que vam sortir al carrer va dir-me que la senyora del davantal de la porta era la portera, que netejava l'escala i vigilava qui entrava i sortia, i si no coneixia algú li preguntava a quin pis anava. Jo vaig recordar que el dia que vam entrar totes dues a l'escala va dir: «Que ben acompanyada va, senyora Mercè!». «És una neboda meva del poble. Ja se sap, amb això de la guerra...». Jo vaig sentir-me tan orgullosa que em fes passar per família seva! I així ho va dir a tothom que li preguntava quan anàvem totes dues a comprar.

Vaig aprendre tant d'ella! A llegir bé i a tenir un sentit crític d'allò que llegia, i a veure el meu entorn. A cuinar, a parar bé la taula, a cosir, a tenir la casa neta i endreçada. Inclús va ensenyar-me a vestir amb gust, a combinar els colors i a pentinar-me el meu cabell llarg amb bonics recollits.

Passaven els dies i la senyora Mercè no tenia mai cap visita, havíem après a estar totes dues juntes, ningú dels de les fotografies que tenia a casa havia vingut mai a veure-la. Estava ben sola, igual que jo. Ella deia «temps passats...», però quan arribava el moment de treure la pols i moure els retrats, m'agafava el drap i em deia: «Deixa, que ja ho faré jo», i no treia la pols, sinó que acaronava i mirava amb tendresa les fotografies i les petites coses que tenia al voltant: un ramet de plantes seques, un ventall deixat a un cantó, una caixeta amb una medalla i dos anells... Jo pensava: «Estimada Mercè, quants records...». En canvi, jo no tenia cap recordatori, només el vestit que guardava de quan vaig arribar del poble.

Passàvem tot el dia juntes, anàvem a comprar, fèiem el menjar, escoltàvem la ràdio i cada dia a la tarda anàvem a passejar a un parc que hi havia a prop. Sèiem en un banc mirant els coloms, els ocells i els nens jugant, tranquil·les. Jo em sentia molt a gust amb ella i li vaig explicar el que em deia el meu germà de mirar els núvols, i totes dues rèiem molt trobant-hi formes divertides. Era un entreteniment que fèiem molt sovint.

***

Mercè, Mercè, m'ofego, no em trobo bé. És clar, la seva habitació està tan lluny de la meva que no em sent... Però per què crido a la Mercè si fa molts anys que ja no és amb mi? He somiat amb ella i pensava que encara vivíem juntes. De seguida s'acosta una senyora que no conec, em mira i em somriu: «Hola, Adela, recordes que estàs a l'hospital? Estàs molt millor. A veure si demà tens més forces per parlar i entra a veure't en Rafel».

Que diferents són les persones que se m'acosten! Tant si solament és per mirar-me o per fer-me qualsevol cosa, donar-me la medicació, canviar-me... La majoria fa la seva feina, pràcticament sense veure'm. Em visiten, parlen amb el personal amb qui van, donen ordres, comenten els canvis i marxen. Però, de tant en tant, ve algú diferent. Et mira a la cara, encara que no quedi clar que tu el vegis, et diu hola, es presenta, diu si és el metge o la infermera, t'explica el que va a fer-te, comenta qualsevol cosa, que és de dia, que és de nit, que plou... I després, encara que no puguis contestar o potser només ho fas amb una trista mirada, et pregunta si estàs còmoda. Això t'ajuda a sentir-te persona i et dona força per continuar vivint. Sí, ja sé que estic a l'hospital. Procuro moure el cap per dir-li que l'entenc. Em somriu i diu: «Estàs molt millor».

On deu estar en Rafel? Ha dit que potser el veuré demà. Segur que el Joan i la Carme no l'han deixat sol.

***

Un dia, igual que els altres per a la Mercè i per a mi, tranquil i monòton, van trucar a la porta, cosa que ens va estranyar perquè mai no teníem visites. En obrir, davant meu va aparèixer en Rafel, molt més prim, mal vestit, amb cabells grisos i amb cara trista, que a l'instant es va canviar per un somriure. Només tenia inconfusibles els seus ulls blaus, transparents i riallers. Jo em vaig quedar tan sorpresa que no sabia què dir. L'únic que vaig fer va ser posar-me a plorar i entrar corrent dins del pis cridant a la Mercè. Ella va sortir i en veure aquell home malt vestit i amb cara de molta pena li va preguntar molt seriosament què volia. I jo vaig llençar-me als seus braços dient: «Mercè, és en Rafel». Després del moment de sorpresa que vam tenir tots tres, la Mercè el va fer entrar. Ens sentíem tots com estranys i no sabíem què dir-nos. Aquell home va envair la vida tranquil·la que teníem la Mercè i jo.

Passat el primer moment, en Rafel, que venia del poble, va explicar-nos les novetats. El seu germà s'havia casat amb una noia del poble i s'havia fet càrrec de les terres i encara que era força jove les portava prou bé, amb ajuda del germà més petit que encara era fadrí. La meva germana s'havia casat amb l'hereu d'un poble veí, que treballava la terra i tenia molts terrenys. Jo em vaig alegrar molt. Li preguntava amb la mirada allò que no m'atrevia a dir amb paraules. No podia preguntar per la mare i ell no en deia res. Va mirar la Mercè, com demanant la seva complicitat, i després va dir-me: «La teva mare fa dos anys que es va morir. No havia dit mai on eres, però abans de morir va enviar a buscar-me mitjançant la teva germana i em va donar un paper plegat on hi havia la teva adreça». Va dir-me que l'havia de perdonar, però que no sabia per què no havia dit abans que tenia aquell paper, que se sentia com avergonyida d'haver-te deixat i que per això no n'havia parlat mai.

Quan en Rafel va dir-me: «No he deixat mai de pensar en tu, Adela», la Mercè va marxar discretament a la seva habitació. En Rafel em va estar explicant com li havia anat, els últims anys passats amb molta tristesa per la mort dels seus pares i molt mala època per les terres que no donaven per viure tres famílies. Ell no podia treure's del cap el fet de venir-me a buscar a Barcelona.

I va decidir marxar a peu, dormia amagat entre els arbres i menjava el que trobava als camps o el que li donava alguna bona persona. També de camí a Barcelona va poder menjar bé i dormir a cobert perquè va treballar collint raïm.

Va ser un viatge molt llarg i penós però tènia la il·lusió de trobar-me. Jo me'l mirava agraïda, però no sentia aquell sentiment d'amor ni els formiguejos del meu cos de quan era més jove i el sol fet de veure'l em trasbalsava i moria de desig per poder sentir-me acaronada en els seus braços.

Ara puc dir que el que sentia era agraïment pel seu amor, la seva generositat i la seva fidelitat. Jo, però, no podia dir-li que d'ençà que vivia amb la Mercè gaudia d'una felicitat i d'una tranquil·litat que no havia tingut mai.

La Mercè va ser molt amable amb en Rafel i va estar molt contenta per mi. Jo estava molt confosa i molt trista per la mort de la meva mare i pensava que ja no podria tornar algun dia al poble com desitjava per poder d'abraçar-la. Li vam preguntar on s'estava i va dir que portava l'adreça d'un amic del poble que vivia en una pensió de Barcelona. La Mercè el va convidar a sopar. En Rafel li va estar molt agraït i, encara que dissimulava, es notava que tenia molta gana. La Mercè també se'n va adonar i li va preparar menjar perquè se l'endugués. Va comentar que vivint com vivíem dues dones soles, s'alegrava molt que tingués un lloc per quedar-se, perquè no hauria estat ben vist que tinguéssim un home vivint amb nosaltres, i menys si se sabia que era el meu promès.

El Rafel va marxar molt content, em va donar la mà i em va fer un petó a la galta. Estava molt emocionat, vaig veure que tenia els ulls brillants i estava a punt de què li caiguessin les llàgrimes. Jo vaig notar amb tristesa que no havia sentit el mateix que ell. Ara ja no necessito dormir per recordar la meva vida, sento emocions molt fortes recordant tants moments viscuts.

La vida de la Mercè i la meva va continuar igual de tranquil·la. Els dijous vam quedar que en Rafel vindria a veure'ns i soparíem junts. Sempre li preparava un paquet de menjar perquè se l'emportés, totes dues érem conscients que els altres dies podia menjar poc. La Mercè li va dir que podia venir els diumenges a trobar-nos al parc on anàvem a passejar, acompanyar-nos a casa i que soparíem junts.

Un dia va venir molt content perquè, com que sabia tractar i cuidar eugues i cavalls, li van oferir feina per anar a repartir llet per les cases amb un carro i un cavall. Estava tan content que ja feia plans per al nostre futur... Trobaríem una habitació, una porteria o un pis barat on podríem anar a viure junts, formar una família, tenir fills. Encara no havia començat la feina però ell ja somiava com seria la nostra vida a partir d'aquell moment.

Jo estava molt neguitosa, em despertava durant la nit pensant què havia de fer amb la meva vida, que havia de prendre una decisió. Vaja, si em casava amb en Rafel o no. La Mercè es feia gran i jo a la ciutat coneixia poca gent...

Un dia que vaig anar fins a les Rambles, per un encàrrec de part de la Mercè, anava badant mirant aparadors. De sobte vaig veure que tenia un home al costat, tot d'una em diu: «Ets molt guapa.

T'agradaria que et comprés un vestit com aquest i alguna joia? Si tu fossis bona amb mi, si em fessis feliç, jo podria cuidar-te». Vaig espantar-me molt i ell somrient em va dir: «Ja trobarem la manera de què m'ho paguis». Aquell home em confonia amb una meuca! Vaig pensar que potser, si no acceptava en Rafel, això era el que podria trobar a la Barcelona d'aquells temps.

En Rafel va començar la feina molt content, encara que no era una gran cosa ja estava acostumat i podia gaudir d'un petit sou. A més el deixaven dormir a un quartet, proper on hi havia l'euga, així que tot el que guanyava era per a ell.

Aviat va començar a pressionar-me perquè ens caséssim, però jo no ho tenia massa clar. Vaig estar temps amoïnada pensant com el pare tractava la meva mare, però vaig pensar que això en Rafel no ho faria mai. De la meva família estava completament allunyada, i la veritat és que havia après a estimar la Mercè, però per altra banda també tenia por de quedar-me sola en una ciutat tan gran. D'en Rafel sabia que era bona persona i que si em casava amb ell, em tractaria amb respecte. Vaig parlar amb la Mercè i vam coincidir que en Rafel m'estimava molt, però va dir-me: «Adela, no t'enganyis, tu l'estimes com a un bon germà, no amb la passió que s'ha de sentir per un marit. Però és una bona persona i podeu tenir una vida afortunada».

Un dia que vaig anar a comprar sola, vaig trobar una amiga del poble. Vam quedar que un diumenge aniríem al cine i a berenar xocolata amb nata, així podríem parlar de les nostres coses i recordar quan érem petites. Vaig sentir-me molt contenta de poder sortir amb ella. I com que en Rafel venia a sopar tard, només havia de demanar permís a la Mercè.

El diumenge següent vam trobar-nos. Vam entrar a un cine on feien pel·lícules d'aventures i de l'Oest, en les que sortien homes molt guapos. Crec recordar que al cine li deien «Can Pistoles». Jo estava tan contenta! Només havia anat un cop al cine amb la

Mercè i a prop de casa. Vam seure a una filera que estava buida. Al cap d'una estona, a dues cadires més enllà del meu cantó s'hi va asseure un home que anava sol. Jo vaig anar mirant la pel·lícula fins que hi va haver un moment que em va semblar que es movien una mica les butaques, en mirar què passava vaig veure que l'home m'estava mirant i s'estava masturbant. Quin sentiment tan gran de fàstic, quin esglai! Vaig comentar a la meva amiga que volia marxar, que no em trobava bé. Em vaig aixecar amb pressa i vaig encaminar-me cap al vestíbul, girant-me per veure si ella em seguia, llavors vaig poder veure que l'home em mirava amb la cara somrient. Vaig agafar-la per la màniga i vam anar corrent cap a la parada del tramvia que, per sort, arribava en aquell moment. Quan vaig explicar-li què m'havia passat, va dir-me: «Què et penses? Aquí a Barcelona s'ha de vigilar molt!».

Començava a ser conscient que la meva millor opció era casar-me amb en Rafel. Després de parlar-ho molt vam decidir casar-nos. Vam comentar-li a la Mercè si podia ajudar-nos a trobar una porteria per anar a viure. Així pensàvem que tindríem una llar decent on viure i jo tindria feina.

Vam anar tots tres a veure el rector de la parròquia on anava amb la Mercè a missa cada diumenge. Va estar molt content que ens caséssim. Ell va ser qui ens va proporcionar una porteria en el mateix barri. En Rafel estava molt content i no parava de fer plans per al nostre futur. La Mercè estava trista i contenta a la vegada, però jo li deia que havia d'estar tranquil·la perquè aniria a veure-la i que tant al Rafel com a mi sempre ens tindria si ens necessitava.

Vam anar a l'adreça de la porteria i ens va rebre un senyor, amb vestit i corbata, molt seriós. Ens va comentar que el senyor rector li havia parlat molt bé de nosaltres i que per a ell això ja era suficient per confiar-nos la feina, després tot dependria del nostre comportament. Va ensenyar-nos la porteria, una habitació petita que hi havia darrere l'ascensor, amb un menjador amb un fogonet i un vàter. El nostre pis estava a dalt de tot de l'escala, al costat de la caixa de l'ascensor i de la porta que donava al terrat, on tots els veïns podien estendre la seva roba, molt més petit que el de la Mercè, però que tenia menjador, una cuina, un petit lavabo amb vàter, dues habitacions i una terrassa. Jo estava molt contenta, perquè des del piset es veia un bon tros de cel i dues muntanyes, que havia après per la Mercè que eren el Tibidabo i Montjuïc. De seguida vaig pensar que en aquell terrat posaria moltes flors.

Ens van dir que jo havia de fer-me càrrec de netejar l'escala i el carrer, recollir les escombraries dels veïns i tirar-les quan passés el carro de l'escombriaire. També havia de vigilar les persones que entraven al portal i a més tractar tothom amb molta educació i respecte. Va quedar molt gratament sorprès que sabéssim llegir i escriure, i va comentar al Rafel que ell hauria de fer-se càrrec de les petites reparacions de l'escala, que si era diligent i els veïns estaven contents, ho podria compaginar amb la feina que tenia.

Vam arribar tan contents a casa de la Mercè, que va dir-nos que per celebrar-ho podíem fer un bon sopar. Vam parar taula al menjador, que no havíem fet servir mai i vam sopar tots tres. Fins i tot vam obrir una ampolla de vi que tenia guardada. Aquella nit vaig ser molt feliç.

Dos dies després vam anar a parlar amb el rector de la parròquia i va dir que ens donaria hora i dia per casar-nos. Però primer havia de parlar amb nosaltres uns quants dies per saber la formació cristiana que teníem, que ja sabia que estàvem batejats i que havíem fet la primera comunió i la confirmació, però havia d'estar segur que seguiríem els preceptes de l'Església catòlica i que honraríem Déu amb la nostra unió amb els fills que ens enviés. Vam anar tres dies amb altres parelles que també volien casar-se i tenir la benedicció de l'Església. El rector parlava de la fidelitat dins la parella i principalment del respecte de la dona a l'home com a cap de la família, de tenir els fills que ens enviés Déu i que els havíem de pujar amb respecte a l'Església i a la pàtria. Tots escoltàvem amb molta atenció el que ens deia el capellà i després ens feien confessar i combregar. Ell anava donant hora per al casament quan creia que ja estàvem preparats. A més ens aconsellava, per honrar a Déu, que després del casament triguéssim uns dies a fer ús del matrimoni, un sacrifici que Déu ens compensaria amb moltes benediccions. Va posar darrere la porta de l'església el nostre nom i la data del casament. D'això en deien les amonestacions, i eren per si algú tenia alguna cosa a dir de nosaltres que fes aturar el casament. Però, qui podia dir alguna cosa dolenta de nosaltres o posar qualsevol impediment a la nostra unió?

Per fi va arribar el dia!! Jo, la nit abans encara estava un xic insegura, tot i que feia temps que havia pres aquesta determinació, el canvi que suposava en la meva vida encara em feia recelar.

El dia que va donar-nos el rector, molt aviat al matí, tant que encara era una mica fosc, vam anar la Mercè i jo a l'església, on en Rafel ens esperava molt emocionat. La Mercè portava un vestit negre molt elegant i una gran mantellina, unes boniques arracades i un collaret molt maco; feia molt de goig. Jo, amb l'ajuda de la Mercè, vaig fer-me un vestit senzill però que em queia molt bé, de color gris claret, i que la Mercè va dir que m'esqueia molt. Ella mateixa em va fer un recollit al cabell, tan bonic que semblava una princesa. Abans de sortir de casa, quan ja estava arreglada, va posar-me al coll un collaret de perles de dues voltes, va donar-me unes arracades també de perles i va dir-me: «Té, filla, així tindràs un record meu perquè t'he estimat molt i m'has fet la vida molt agradable». Després va mirar-me molt seriosa i va afegir: «Però si algun dia vosaltres o algun fill vostre passa gana i necessiteu els cèntims, no tinguis mai cap remordiment de vendre'l». Vaig quedar tan confosa i contenta que no sabia com donar-li les gràcies, l'emoció no em deixava dir res. Ens vam mirar totes dues al mirall i la Mercè va dir-me:

«Jo crec que ets la núvia més maca que he vist mai. Fem molt de goig». La Mercè tenia tota la raó.

Quan vam arribar a l'església vam trobar un nerviós Rafel amb un vestit que li va deixar un amic, que li anava curt de mànigues i també de pantalons, però així i tot ell semblava un príncep. Va quedar bocabadat quan va veure com estàvem de guapes la Mercè i jo. Quan li vaig explicar el regal de la Mercè i el que m'havia dit, i va veure el collaret i les arracades, es va abraçar plorant al coll de la Mercè donant-li les gràcies.

La Mercè ens va fer de mare, de pare i de germana. Era tota la nostra família i estàvem molt contents. Després de casats vam anar a donar un tomb per Barcelona, vam anar a veure els vaixells del port i vam pujar a Montjuïc. La Mercè ens va convidar a dinar a un petit bar-restaurant a prop de casa seva. En Rafel era l'home més feliç i més ric del món, ho tenia tot. Jo també estava contenta però sentia pena per la Mercè perquè ara ella es quedaria sola. Amb ella havia passat els anys més tranquils i feliços de la meva vida.

Tot passejant vam tornar a casa de la Mercè i vam estar-hi una estona fent-li companyia. Va treure unes galetes i vi ranci però tots vam estar molt callats. Nosaltres no trobàvem el moment de marxar, al final la Mercè va dir somrient i contenta: «Vinga, va, nois, aneu-vos-en a casa vostra, que jo també tinc ganes de canviar-me i posar-me còmoda. I vosaltres encara haureu d'arreglar algunes coses del vostre petit niu». Ens vam aixecar i després de donar-li les gràcies, una gran abraçada i petons per tot el que havia fet per nosaltres, vam emprendre el camí cap a la nostra casa. Jo sentia dintre meu que començava una nova vida que, d'alguna manera, pertorbava el meu interior.

Quan vam passar per la porteria no hi vam trobar ningú. Teníem pressa perquè l'endemà jo havia de començar la meva feina de portera i en Rafel, com sempre, havia de repartir la llet.

Quan vam entrar al nostre petit niu, com deia la Mercè, vam encendre les bombetes i tot es veia una mica desolat i trist, però ja aniríem fent del nostre niu un piset senzill. Jo ja hi havia portat una petita maleta amb les meves coses i en Rafel també hi va portar les quatre coses que tenia.

Una vegada a casa ens vam trobar l'un davant l'altre sense saber què dir. En Rafel va ser molt generós amb mi i les meves basardes, va dir: «Avui ha estat un dia molt llarg i cansat, tenim tota una vida pel davant i demà ens espera molta feina». Després de menjar alguna cosa ens vam posar tranquil·lament al llit, l'un al costat de l'altre. En Rafel es va quedar adormit de seguida. A mi em va costar una mica més, però quan ho vaig aconseguir no vaig despertar-me fins a l'endemà al matí. Ens vam llevar corrent, en Rafel va marxar feliç a treballar i jo, després d'arreglar per primera vegada la que ja era la meva casa, vaig sortir vergonyosament a l'escala i vaig baixar fins on teníem el quartet a l'entrada. Un cop dins vaig posar-me el davantal i vaig sortir a escombrar el carrer i a treure la pols a la porta. Aquella feina va fer-me recordar la meva arribada a Barcelona, quan vaig entrar a l'escala de casa la Mercè. La primera persona que vaig conèixer va ser la portera.

Estava contenta, em sentia important, com si fos la mestressa de l'escala, segura de mi mateixa i de la meva feina. Com havia canviat la meva vida! Van començar a baixar els veïns. Els nens que anaven a l'escola, un senyor que anava a treballar, les minyones que anaven a comprar i alguna senyora que portava ella mateixa el nen a l'escola. Jo m'enretirava una mica per cedir el pas i els donava el bon dia. Curiosament em tractaven de manera diferent, hi havia els que em contestaven el bon dia, alguna senyora em preguntava com em deia i m'informava del pis en què vivia, i també n'hi havia que em miraven per sobre l'espatlla, sense ni dignar-se respondrem.

Van passar els dies i jo estava orgullosa de tan neta i endreçada que tenia l'escala i la nostra petita casa. Parlava amb tots els veïns amb educació i ells també aviat van saber com era jo i em van agafar confiança. Quasi tots em saludaven quan passaven.

En Rafel i jo parlàvem poc, però la nostra relació cada cop era més íntima. Ens fèiem petons quan ens acomiadàvem i quan ens retrobàvem, fins que un dia, després de sopar, ens vam sentir tan junts que vam consumar el matrimoni. Va ser d'una manera tan dolça que vaig sentir un plaer que no havia pensat mai que sentiria físicament. Va ser de la manera que m'havia explicat la Mercè, no pas de la manera que ho van viure els meus pobres pares.

Els dies anaven passant una mica monòtons però amb il·lusió. Jo, sempre que podia, anava a veure la Mercè, que estava molt contenta de veure'm. Li vaig explicar que en Rafel i jo ja havíem fet l'amor, la manera com es va comportar amb mi i que jo m'havia sentit molt feliç i satisfeta i que ho repetíem molt freqüentment, perquè tots dos teníem moltes ganes d'estar junts. Ella, molt contenta, va dir-me: «Veus, filla, com jo no et vaig enganyar quan vaig dir-te que en Rafel era bona persona, que t'estimaria i que era l'home que et faria feliç?».

Un dia, anant a comprar, vaig trobar una coneguda del poble que estava servint de minyona en una casa a prop d'on nosaltres vivíem, i vam estar parlant una estona. Portava una vida tan diferent de la meva! Ella tenia contacte amb noies del poble i els diumenges, que tenien festa, anaven a ballar i sortien amb homes per coquetejar. A mi no m'agradava gens la seva vida però segurament, si no hagués estat pel Rafel, seria la vida que hauria acabat portant.

Cada cop estàvem més units, ens trobàvem bé junts i estàvem contents amb les nostres feines. Un dia va venir molt il·lusionat perquè l'amo per qui treballava, que era un bon home, li havia dit que l'ajudaria a treure's el carnet de conduir perquè la pobra euga ja estava molt vella i la pujarien a passar els seus últims dies a un poble. Volia comprar un tricicle per repartir la llet i, més endavant, si tot anava bé, una furgoneta. Tot això també volia dir que en Rafel s'hauria d'esforçar molt estudiant per treure's el carnet mentre seguia amb la seva feina. Però ell estava tan content!

Per aquella mateixa època vaig adonar-me que estava embarassada. Primer vaig estar molt contenta, però a mesura que hi pensava em sentia més insegura del nostre futur. Vaig pensar que igual ens acomiadarien de la porteria, o dirien que la feina hauria de fer-la en Rafel si jo no podia pel meu embaràs o si després de tenir el nen jo no em trobava bé. Vaig agafar molta por que tots dos perdéssim la feina. Podria demanar ajuda a la Mercè, però no volia preocupar-la abans d'hora.

Una tarda vaig anar a comprar i vaig trobar-me de nou amb la coneguda del poble que feia de minyona. Va preguntar-me si estava bé, perquè jo feia mala cara. Potser no hauria d'haver-li dit res, però li vaig explicar la meva situació i em va entendre. Va dir-me: «Tu rai, que tens un marit! Si això ens passa a alguna de nosaltres, soles aquí sense família i sense ningú a qui acudir, de seguida et confonen amb una meuca, nosaltres sí que ens quedaríem sense feina, cap casa ens faria costat amb una criatura i difícilment podríem tornar al poble. A sobre de no enviar cap cèntim, si tornéssim tindrien dues boques més a casa. Així i tot, si estàs tan preocupada per la inoportunitat de tenir un fill, igual et puc ajudar».

Em vaig passar tota la nit sense poder dormir, i l'endemà, quan vaig sortir a comprar, vaig mirar si veia la meva coneguda per demanar-li ajuda. Vam quedar que al cap de tres dies ella podria donar-me l'adreça que jo necessitava i em va animar dient que seria molt fàcil i que després el temps ho cura tot.

El paper amb l'adreça em cremava a les mans un cop me'l va donar, i no parava de mirar-lo sense decidir res. Una tarda, després de pensar-m'ho molt, vaig encaminar-me cap allà. Em sentia com vigilada, com si tothom endevinés on em dirigia. Quan vaig arribar a l'escala de la carretera de Sants, a l'adreça que m'havia donat la meva coneguda, jo encara dubtava, tenia ganes d'anar-me'n corrent. Tenia por, pena, tots els sentiments junts. Poc em va faltar per caure a terra. Vaig estar un moment repenjada a la porta, no tenia forces per empentar-la, al final em vaig decidir i lentament vaig encaminar-me a l'ascensor, amb molta por i amb fàstic de mi mateixa. En arribar al pis ja no vaig pensar res i automàticament el dit va prémer el timbre. Va obrir una senyora de mitjana edat, em va mirar atentament, va saludar-me una mica seriosa i em va fer passar. «Té hora al doctor? Qui l'envia?». «No, no tinc hora», i li vaig dir el nom que m'havia donat la companya del poble com a referència. «Esperi's un moment», i va desaparèixer darrere una porta. Després d'un temps d'espera, va fer-me passar. El metge era un senyor bastant gran i fort, em va convidar a seure i va començar a fer preguntes que no el comprometien a res. Em va fer passar a una petita habitació amb una llitera, un armariet, una mena de carro d'hospital i poca cosa més. Després de visitar-me va dir que sí que estava prenyada, i em va acomiadar fins a la pròxima visita. Per experiència sabia que hi tornaria. La senyora que m'havia rebut va donar-me hora al matí i em va dir que hi anés sense menjar res, que segur que no tindria cap problema, que jo era una noia forta i que estava al començament del meu embaràs.

Passats dos dies em vaig encaminar altre cop a la carretera de Sants. Havia parlat amb el president de l'escala, li havia dit que havia d'anar al metge a visitar-me per un petit problema.

Havia rumiat molt, estava molt decidida i convençuda que era el millor per tots. Aquesta vegada no vaig dubtar en traspassar la porta i pujar l'escala. De seguida, la mateixa senyora de l'altre dia va fer-me passar. El doctor va dir-me que, com que jo anava sola, no podia donar-me cap analgèsic ni cap medicament per mitigar el dolor, no fos cas que em fes un efecte no desitjat i que ell, en aquell pis, només tenia una consulta.

Per anys que visqui no podré oblidar mai el dolor tan intens que vaig patir. Un dolor físic que semblava que m'estiressin una part del cos, com si per la vagina volguessin treure'm els budells. Dolor també de l'ànima perquè el que feia era rebutjar un fill meu, part de la meva vida, en aquell moment molt més que la meva vida. I jo era responsable i conscient de perdre'l.

Al primer moment vaig pensar que no podria moure'm ni aixecar-me de la llitera. Però vaig anar obrint els ulls, que tenia fortament tancats. Amb la infermera vam mirar-nos, no sé què hi va veure ella en mi, però no va demostrar cap sentiment. No sé si sentia llàstima o només volia fer-me sentir culpable per allò que havia fet. Igual ella no tenia mai cap opinió sobre la dona que s'ajeia en aquella llitera perquè en el fons totes eren iguals, encara que cada una tenia una història diferent darrere seu. Va dir-me que tot havia anat molt bé, que sentiria durant uns dies un fort mal de panxa i que sagnaria com si passés la regla, i va donar-me un potet petit amb un líquid i una mena de capgròs caragolat a dintre. No sé si m'ho donava expressament perquè no tornés mai més a aquell pis. Jo no vaig dir res i vaig acaronar aquell potet amb les mans. Em sentia la persona més miserable del món. Jo havia matat el meu fill.

A la tornada cap a casa tenia la sensació que cauria, que vomitaria. Les cames em feien figa, no tenia esma de caminar, només tenia moltes ganes de plorar i el gust d'un líquid agre em pujava a la boca. Em sentia desesperada, ni tan sols em consolava la idea de pensar que així el Rafel i jo tiraríem endavant.

Quan arribava al pis una veïna va preguntar-me com estava, que sabia que havia anat al metge, i em va voler fer una broma dient-me: «A veure si tindrem bateig...». Jo vaig somriure amb tota la pena del món.

Després d'unes setmanes, ja em trobava perfectament, com si no hagués passat res, i per això potser em trobava pitjor i culpable de sentir-me tan bé. No em mereixia estar tan bé físicament.

Van anar passant els dies amb monotonia, jo cuidant l'escala i en Rafel repartint la llet, cada dia més entusiasmat amb les seves classes de conduir i il·lusionat amb el futur. Jo, una mica millor físicament i més animada moralment.

Vaig deixar el meu potet en un lloc on sabia que el Rafel mai no miraria. Alguna vegada me'l mirava amb tristesa, però vaig arribar a pensar que havia fet el correcte. No vaig ser mai capaç d'explicar-l'hi a la Mercè, no volia que em jutgés ni haver de veure en els seus ulls l'acceptació o el retret per allò que havia fet. Va quedar com un secret entre la meva coneguda del poble i jo. En aquell moment vaig pensar que la seva vida era més dura que la meva. Jo, almenys, havia pogut triar. Després d'un temps de no coincidir amb ella a cap botiga ni al carrer, vaig preguntar en una tenda on ens trobàvem habitualment, i em van dir que havia marxat a viure a Madrid amb la família que servia. Em vaig quedar més tranquil·la, perquè m'hauria sentit molt malament cada cop que la trobés.

Va anar passant el temps, va venir una temporada tranquil·la, de rutina, amb molt pocs problemes. La Mercè estava molt canviada i havia envellit força, jo estava preocupada per ella i amb en Rafel ja ens ho havíem parlat de dir-li que es traslladés a viure amb nosaltres, però ella deia que ja en tenia prou amb què anés a veure-la cada dia i li portés la compra, perquè cada cop li costava més sortir de casa.

Un dia, al capvespre, quan vaig anar a veure-la li brillaven els ulls. No sabia si era d'alegria o perquè havia plorat molt. Va portar-me davant d'un dels retrats que tenia a sobre d'un moble i va confessar-me: «Aquest és el meu fill». Hi apareixia un nen somrient amb una pilota a la mà, se'l veia feliç i content. Jo no sabia què dir-li per la sorpresa, pensava que igual l'havia perdut de petit i tenia ganes de comentar-ho en aquell moment. «Ara ja és gran, està casat i té tres fills». Allò em va sobtar, els anys que havíem conviscut juntes sempre deia que no tenia ningú, que totes les fotografies eren de temps passat. Un cop superada la meva sorpresa, vaig preguntar-li com era que no m'ho havia dit mai que tenia un fill. No parlava mai de la seva família. «És que ara l'he retrobat», i va abraçar-me plorant. Ens va convidar al Rafel i a mi a dinar perquè volia explicar-nos per què sempre havia estat tan misteriosa amb el seu passat.

Un cop els tres asseguts a taula, la Mercè va obrir-nos el seu cor: «Per a mi la guerra també va ser molt difícil, jo feia de mestra i la meva família era republicana. En avançar la guerra vam pensar que havíem de marxar de Barcelona, però jo tenia cura dels pares, que eren molt grans, i la mare estava ingressada a l'hospital; no podia deixar-los sols, no tenia cap germà ni ningú que pogués fer-se'n càrrec. Teníem l'oportunitat de marxar del país amb un grup que ho tenia tot preparat, però no podien esperar ni un dia més. Jo vaig demanar-li al meu marit que marxés i s'emportés el nostre fill, que se salvessin tots dos, que aprofitessin l'oportunitat i fugissin, jo no podia deixar els meus pares.

»A partir d'aquell moment les notícies van ser molt confuses, vaig passar molt de temps sense saber-ne res. Mentrestant, la mare es va morir d'una manera molt estranya; jo l'havia deixada bé a la nit, i al matí van comunicar-me que s'havia mort, però no van deixar-me-la veure, l'únic que tenia davant era un llit buit. Per més que vaig demanar per favor que volia veure el director de l'hospital o algun responsable ningú va escoltar-me. Em van contestar que tenien molta feina i que havien d'estar pels vius. Anar a la policia tampoc no va servir-me de res, no vaig aconseguir que em fessin cas. Van envair-me els temors de pensar si trobaria el meu pare a casa o potser em retindrien per preguntar-me on era la resta de la meva família. Vaig anar corrent a casa. Allà estava el meu pare completament al marge de tot. Li vaig dir que havíem de marxar i no em va preguntar res, va entrar a la seva habitació i va sortir mirant-me amb cara de tristesa, amb la jaqueta posada i una petita bossa que, tot i no saber bé què passava, ja tenia preparada. Vam recollir el més necessari i ens vam encaminar a casa d'uns amics. Encara que a ells també els complicava tenir-nos a casa seva, vam estar-hi uns dies fins que uns altres coneguts ens van traslladar a un poble petit on ningú en va fer cas. Vam passar força temps vivint allà tranquil·lament. Però vam perdre tot contacte amb el meu marit i el meu fill.

»Ja havia perdut tota l'esperança de veure'ls mai més, havia preguntat entre els amics que m'havien ajudat després de la mort de la meva mare, però ells tampoc no en sabien res de la majoria dels seus amics i familiars. Així van passar els anys, sense tenir-ne notícies. Tot va canviar ahir quan el meu fill em va contactar després d'haver-ho provat molts cops sense resultats. Tots dos, increïblement, hem sentit a l'instant la mateixa tremolor de la veu, com un calfred però no de malestar sinó dolç, com d'una joia immensa... Bé, no sé com explicar-ho... Jo he estat recordant-li coses de quan era petit, el que ens vam dir a l'hora d'acomiadar-nos, si més no per assegurar-nos que aquella trucada no es confonia amb un anhel tant temps reprimit... Però de seguida hem sabut que érem mare i fill».

«Mercè, quina alegria tan gran! És la millor notícia que podia esperar». Nosaltres ens vam quedar sense saber què dir.

Al cap d'un mes el fill de la Mercè va venir amb la seva dona. Vam estar molt contents de conèixer-nos, Rafel i jo ens havíem convertit en família per casualitat. Després de presentar-nos vam començar a parlar de com havien anat les nostres vides, primer tímidament i després deixant fluir els nostres sentiments i amb molta confiança. Nosaltres no teníem prou paraules d'agraïment per a la Mercè, per nosaltres era com una mare. Ella somreia i va dir que no ens mereixíem menys, amb l'estima i el respecte amb què l'havíem tractada.

El fill de la Mercè estava molt content, no creia que podria arribar mai aquest moment. La seva dona era una senyora jove, molt elegant, simpàtica i molt afable amb la Mercè. Ens van explicar que tenien tres fills, de vuit, cinc i tres anys, dels que estaven molt satisfets i que s'havien quedat a França amb la il·lusió que els seus pares tornarien amb la seva iaia Mercè. La nena mitjana també es deia Mercè.

Després d'explicar anècdotes del viatge (era la primera vegada que venien a Espanya) i de la vida a França, on ell exercia d'advocat, la Mercè va preguntar: «Fill meu, com va ser el viatge d'Espanya a França? He sentit a dir tantes coses...». «Va ser tan dur i trist que no hi ha prou paraules per explicar-ho, tot el que has sentit a dir és poc per als que ho vam viure.

»Vam sortir de Barcelona, entre els amics del pare i els familiars en total n'érem una trentena, caminant en quatre grups, sense pressa per no cridar l'atenció. Els primers i els últims vigilaven que no es perdés un grup de l'altre. Al principi del viatge caminàvem decidits, havíem d'arribar a Olot. El viatge era esgotador, un cotxe que es va parar quan ja havíem perdut de vista tot el paisatge urbanitzat i només ens envoltaven els camps i una lluna molt trista va preguntar si necessitàvem ajuda, i com encara els hi cabia algú, van emportar-se dues persones grans que anaven amb nosaltres i que, pobretes, estaven ben esgotades, a punt de defallir. Van comentar-nos que la batalla de l'Ebre estava perduda, que havia estat una gran mortaldat i que les tropes franquistes ja avançaven pels camps de Tarragona, que es podien comptar amb els dits de la mà els dies que tardarien a entrar a Barcelona. Això ens va donar forces per enllestir la marxa sense condicions, amb fred, gana i molt de dolor pels que tenien algun familiar lluitant a l'Ebre.

»Només portàvem el poc que vam poder agafar a última hora en una maleta petita o en un mocador de fer farcells. Deien que a la frontera només podríem passar amb el que dúiem posat. Van ser dies de caminar, de passar gana i fred, de deixar gent pel camí. Jo, com era petit, la realitat l'he viscut més tard, però la por crec que la portaré tota la vida amb mi.

»Després de molts dies de dormir arrecerats uns contra els altres, ens van acollir dividits en petits grups en alguna masia com Can Péixer, que estava plena de polítics i d'intel·lectuals, que ells també ho van passar molt malament però comptaven amb alguns beneficis que no teníem nosaltres (passaports, diners, i també alguns mitjans de transport), allí vam poder dormir apilats a la planta baixa sense llits ni mantes, en bancs i cadires o a terra, però almenys vam tenir un sostre i alguna cosa per menjar.

»En començar el dia vam continuar caminant, cada cop érem més gent a les carreteres, marxàvem mirant al voltant per no perdre de vista els coneguts i observant el cel per poder veure de lluny si venia algun avió. De Mallorca sortien avions per bombardejar les carreteres dels fugitius que marxaven a França, si sentíem el soroll o vèiem un punt a l'horitzó que s'acostava corríem a les cunetes i ens quedàvem quiets i amuntegats fins al cap d'una estona de no sentir res; algú sortia com podia de sota d'un cadàver, buscàvem els amics i familiars i continuàvem caminant, algú es quedava plorant agafat al seu familiar mort i ningú es disposava a separar-los. El nombre dels que marxaven per la carretera i el dels que s'hi quedaven tirats anava creixent cada dia.

»El 28 de gener l'Estat francès va obrir la frontera per La Jonquera i Portbou fins al 10 de febrer, quan les tropes de l'exèrcit nacional controlaren tots els passos fronterers dels Pirineus fent presoners tots els que trobava que tractaven de passar.

»Moltes dones, nens i refugiats polítics i intel·lectuals van entrar a França, la majoria pujaren cap a Montpeller i alguns, pocs, van arribar fins a París. Però la majoria de soldats i molts civils vam anar als refugis d'exiliats; en deien d'exiliats però eren més com camps de concentració. Anàvem precedits per una campanya de premsa xenòfoba contra el perill de la invasió dels rojos, ens qualificaven de bruts, repulsius i que utilitzàvem les dones i els nens per protegir-nos. Va ser un patiment físic i moral pel comportament vexatori dels soldats colonials senegalesos i dels soldats francesos, que tractaven tothom sense cap consideració. Les úniques paraules que sentíem eren "allé, allé!", mentre ens empentaven amb els fusells i moltes vegades amb la baioneta calada.

»Nosaltres vam anar a parar al camp d'Argelers, conegut com el "camp de la merda", que estava en una gran platja, voltat de filat espinós i per l'altra banda limitat pel mar Mediterrani. Sense tenir cap lloc on aixoplugar-nos, sempre amb vent, pluja, polls i sarna. Sense latrines, havíem de fer forats a terra i després tapar-los, al cap de poc estava tot escampat. Va ser difícil trobar fustes, draps o el que fos per fer-nos una petita barraca i alguna improvisada cuina, tot i que teníem molt poc per menjar i passàvem molta gana. De set també en patíem, de fet, cuinàvem amb aigua de mar. Molta gent gran i molts petits van morir de disenteria, dels infants que hi havia en van morir nou de cada deu. Sembla inversemblant com, en aquelles condicions, alguns refugiats es van organitzar per desenvolupar activitats culturals, arribant a construir barracons on poder reunir-se. Inclús van arribar a fer una petita publicació, *El butlletí dels refugiats*. Gent molt valenta que ho feien per pujar els ànims als desgraciats que havíem anat a parar en aquell racó de mon.

»Nosaltres, els nens, teníem por dels soldats però encara conservàvem les ganes de jugar i fèiem grupets i ens entreteníem, tanmateix sempre hi havia algú que es posava malalt i el perdíem. Ens posàvem molt tristos, trobàvem a faltar l'amic, però passats uns dies, després del sentiment de dol i pena, buscàvem la forma de seguir jugant i entretenir-nos. Inclús els petits que teníem prou consciència del que passava sentíem una mica d'enveja pels que es morien. El dia a dia era molt dur, i no hi vèiem sortida, teníem tanta gana i tant fred...!

»En aquell temps no sabíem ni el dia que era, ens regíem per la nit i el dia, el bon i el mal temps. El més dolorós per mi va ser quan el pare es va morir de disenteria. Va ser la pena més gran del món, sempre estàvem junts i em cuidava i vigilava, em donava part del seu menjar. Era habitual la mort d'algú, però no podia ni imaginar que un dia li passaria al pare. Una parella molt amiga del pare, havíem sortit junts de Barcelona, malauradament havien perdut els seus dos fills per totes les precarietats en què vivíem, i li van prometre al pare, quan ja veia que no se'n sortiria, que em cuidarien i farien tot el que poguessin per mi».

En veure la Mercè plorant tan desconsoladament, va dir: «Mare, no li explicaré mai més res d'aquells dies tan tristos, només vull que sàpiga que el pare va morir pensant en vostè i dient-me que fes tot el possible per trobar-la. Vam poder salvar-nos els tres, i com tenien família a França vam anar amb ells. Van cuidar-me i estimar molt i jo a ells també, però sempre pensava en vostè, mare. Volia tornar-la abraçar i explicar-li el que havia estat la vida del pare i la meva. Els meus pares adoptius tenen moltes ganes de conèixer-la, he sigut com un fill per ells, igual que els pares de la meva dona, i els nens estan molt contents de tenir tants avis.

»Com he estudiat la carrera d'advocat he tingut més facilitat per poder mirar les documentacions i al final vaig poder localitzar-la. Mare, volem que vingui a viure amb nosaltres, mai no podrem recuperar el temps que ens han robat, però aprofitarem el que ens queda. Els seus nets estan bojos per veure la seva àvia.»

Nosaltres tres estàvem corpresos per la narració. Després d'un curt silenci es va reprendre la conversació, ara amb un to més distès: «I vostè, mare, també deu haver patit molt». «Sí, fill, però els últims anys jo també he trobat una família, primer amb l'Adela, que ha sigut com una filla, i després amb en Rafel. Estic tan contenta i emocionada... I ara com he de pensar d'anar cap a França?». «Que bé, Mercè, ens alegrem molt de què hagis pogut trobar per fi la felicitat i l'alegria de recuperar la família. Amb nets i tot, Mercè! França no és tan lluny i si a en Rafel i a mi les coses ens van bé, segur que vindrem a visitar-los».

La Mercè va deixar el pis però va dir que ens podíem emportar tot el que volguéssim. Gràcies a això vam poder moblar el nostre piset quasi amb luxe, com la casa d'uns benestants.

L'acomiadament va ser trist i dolorós. Ens abraçàvem i ella va dir-me: «Adela, no et sentis malament, probablement no ens tornarem a veure, però pensa que abans de conèixer-te no tenia esma i em sentia el cor com si estigués sec. Tu m'has donat un afecte i una pau que quasi ja no coneixia, ara tinc l'oportunitat de passar els meus últims dies, agrairia a Déu que fossin anys, amb la meva família». Vam estar contents perquè estava feliç i tindria una època tranquil·la i estaria acompanyada. Per a nosaltres també era com una mare i li desitjàvem el millor.

El fill ens va donar la seva adreça i va dir que li escrivíssim sempre que volguéssim, que ell també ens faria arribar notícies de com seguia la Mercè. Ens va donar les gràcies per tot l'amor i respecte que li havíem donat a la seva mare i com de bé l'havíem cuidat, que si volíem anar-hi, sempre seríem ben rebuts a casa seva.

Havia de perdre algú que estimava, però era un moment feliç i la Mercè va voler fer-nos somriure una mica dient: «Vinga, vinga, parella, teniu tota una vida al davant. Escriviu-me de tant en tant, sobretot quan Déu us beneeixi amb algun fill. Heu de dir-m'ho». En Rafel i jo no trobàvem la manera d'acomiadar-nos i donar-li les gràcies per tot el que havia fet per nosaltres, segur que si no hagués estat per ella, no hauríem pogut tirar endavant.

La nostra situació va anar millorant d'ençà que la Mercè se'n va anar. En Rafel ja s'havia tret el carnet i estava molt content amb la seva feina i amb el senyor Joan, l'amo de la lleteria, que va veure que en Rafel era una persona de confiança i treballadora i el va fer soci del negoci. Tots dos s'esforçaven molt, van anar ampliant el negoci i fins i tot portaven llet fora de Barcelona, ja hi havia altres repartidors i començaven a fer iogurts i mantega. També van pensar a posar una petita botiga per vendre els productes de l'empresa per l'eixample, amb alguna taula perquè les senyores i els nens poguessin anar a berenar o a esmorzar amb un ambient més casolà que el dels bars. Buscaven algú que fos capaç d'atendre les vendes de llet i els clients que anessin a prendre xocolata desfeta, iogurts o matons.

Un dia en Rafel va venir molt esverat i em va dir: «Ja sé qui és la persona més capaç de portar la lleteria: tu. Ho dic perquè conec la teva manera de tractar tothom i no tindràs problemes per fer que la gent estigui contenta. A més, podràs portar els comptes de la botiga, ja que saps llegir i escriure. Tinc moltes ganes de deixar de veure't tot el dia atrafegada escala amunt i avall amb el davantal. Vull veure't vestida com una senyora, com et mereixes. Ja saps que jo soc molt despistat i no he pensat fins ara que el nostre nivell econòmic ja no té res a veure amb el que teníem. Ja és hora que busquem un pis més gran i que deixis de fer de portera».

Estava tan contenta! No ho havia pensat, però, i tant que era capaç de portar bé la feina! I, és clar, també m'afalagava que en Rafel ho pensés. A partir d'aquell dia tot va canviar, vaig parlar amb el senyor Joan i de seguida vam estar d'acord de com portar la botiga i la xocolateria; de moment començaria jo sola, a veure que tal funcionava.

El primer que vaig fer va ser escriure a la Mercè per explicar-li. Va contestar-me el seu fill dient-me el que li dictava ella, que estava molt emocionada i contenta, que ella ja sabia que aquest moment havia d'arribar perquè tenia molta confiança en nosaltres. Em va dir que la Mercè no podia contestar-me per ella mateixa perquè el seu pols no era gaire bo. Però estava molt bé de salut i molt animada, i encara que deia que no tenia molt bon pols, feia jerseis per als seus nets.

Vàrem buscar un pis, en aquella època no era difícil trobar-ne. Aviat vam trobar un de gran, assolellat i amb una bona terrassa. Estàvem entusiasmats, ens va agradar tant que ja ens veiem vivint allà. Vam parlar amb l'administrador de la finca on vivíem per comunicar-li que, tot i que estàvem contents, deixaríem la feina al cap de tres o quatre mesos. Era el temps que més o menys havíem calculat que durarien les obres del local que havíem de condicionar segons la idea que tenien en Rafel i en Joan. Tranquil·lament vàrem fer el trasllat. Però aquest pis no estava tan alt com el nostre àtic de porters, era un segon pis i no podíem contemplar tant tros de Barcelona.

El dia que vam acomiadar-nos de tots els veïns de l'escala ens van demostrar que estaven contents de nosaltres i que els sabia greu que marxéssim. A nosaltres també ens va fer pena perquè havíem passat uns anys molt tranquils en aquella casa. Va ser el primer lloc que vam sentir com a nostre.

Com que no estaven acabades les obres del local em vaig poder dedicar uns dies a arreglar el nostre pis nou. Els mobles de la Mercè allà sí que lluïen; el rebedor, el menjador... va quedar tot molt espaiós. Vaig comprar plantes i petits detalls que feien el pis més agradable. I amb el que la Mercè m'havia ensenyat de cosir vaig fer totes les cortines. Estava tan orgullosa i en Rafel tan content! Per tots dos començava una nova vida que no hauríem pogut ni somiar. A en Rafel, quan entrava al pis, li brillaven els ulls i anava d'un cantó a l'altre de la casa xiuxiuant: «Quina meravella! És la dona més llesta que podia trobar».

Una setmana més tard va venir, molt cerimoniós, per dir-me que les obres estaven bastant avançades i que al Joan i a ell els agradaria que anés a veure-les per saber que em semblava tot plegat, ja que era jo qui havia de cuidar-me de «La Granja». Aquest era el nom que li vam posar, i em va fer tan contenta que pensessin en mi perquè donés la meva opinió que em sentia una persona molt important.

Quan vaig entrar, mareta meva! Si ho pogués veure la Mercè, que contenta estaria! Quin bon gust! Quins colors! Era un local no massa gran que feia cantonada i donava a dos carrers. Si entraves per un costat, passaves directe a la part del taulell on es despatxava la llet. També teníem iogurts i nata, i ben aviat faríem matons. Entrant per l'altra porta hi havia un petit aparador de pastes que ens portarien diàriament i sis taules per seure i prendre alguna cosa. Però el que era preciós era el gust amb què s'havia muntat tot, amb pintures suaus i una bonica sanefa a la paret, cadires i taules de color verd poma. Semblava un conte de fades, com alguns dels que havíem llegit amb la Mercè. Ràpidament tots dos van poder veure la meva cara d'il·lusió i satisfacció.

En Rafel se'm va apropar i, després de fer-me un petó, que jo crec que va ser el petó més dolç que m'havia fet mai, amb cara d'estar molt orgullós, va dir-me: «Mira, Adela, tota la decoració l'ha fet un decorador i ja veus que és com un somni, estava segur que t'entusiasmaria. Hem comentat amb el Joan que les cortines i la decoració amb plantes les pots fer tu i cuidar-te de triar la vaixella i tot el que creguis que es necessita, que tens molt de gust i que has decorat el nostre pis d'una manera preciosa. Ell hi està d'acord i hem quedat que dijous, ell i la seva senyora vindran a sopar a casa i així podem seguir parlant del tema i segur que tu ja tindràs alguna idea pensada. Ja fa dies que volem que us coneixeu amb la Carme, la dona d'en Joan».

Era com un somni. El que potser em va deixar més sorpresa és que en Rafel parlés d'aquella manera tan familiar amb el senyor

Joan, anomenant-lo pel seu nom i de forma tan planera, jo encara no m'havia fet prou càrrec de què érem socis al negoci.

Convidats a casa a sopar? Estava somiant, semblava la vida que explicaven les noies del poble que anaven a servir a Saragossa. Jo a casa no havia tingut mai visites ni convidats a menjar. I a sobre veia al Rafel, un home de camp, com havia après a comportar-se amb tanta seguretat davant d'aquell senyor Joan. Era difícil de creure, sempre m'havia sentit com una persona dedicada a tenir cura dels altres i a treballar sense poder donar el meu criteri. Ara m'adonava que en Rafel i en Joan eren socis i es consideraven iguals.

Quan vaig arribar a casa anava amunt i avall, entrant nerviosa a totes les habitacions, entrant i surtin de la cuina pensant què faria pel sopar el dijous. En Rafel em mirava i somreia. «Adela, no et preocupis, facis el que facis quedarà perfecte. Ja sé que tu no tenies fe en mi, ni jo mateix ho creia. No creies que seria capaç de donar-te tot el que pogués per portar millor vida que la que teníem al poble. Hem treballat i hem aconseguit que, encara que també hàgim de seguir treballant molt, puguem portar una vida més digna i amb més comoditats. No et sentis inferior a ningú, tu ets una dona molt educada i amb molta sensibilitat, i de tot el que jo he treballat i he aconseguit tu n'ets la protagonista».

Vaig passar-me tota la setmana netejant el pis, posant plantes noves i algun ram de flors i pensant què els donaria per sopar i com pararia taula. El sopar va ser un èxit. La Carme era molt amable i senzilla i tenia moltes ganes de conèixer-me. Després d'aquell dia vam tenir una bona amistat. És la millor amiga que he tingut mai, com una germana.

Vaig trucar per telèfon a la Mercè, tenia tantes coses per explicar-li que quasi no vaig deixar-la parlar. Li vaig explicar com d'acollidora i bonica era la granja, com havia anat el sopar amb la Carme i en Joan, com d'agradable i senzilla era la Carme, el que havia fet per sopar, com havia parat taula... Quan vaig callar un moment ella va aprofitar per contestar-me i dir-me que estava molt contenta. «Estaré molt contenta que em donis més detalls de com marxa tot. Jo estic bastant velleta, però el meu fill i la seva dona em cuiden molt bé, els nens ja són grans, bons estudiants i són una joia. No podia imaginar-me que m'estimessin i em respectessin tant, tinc una família meravellosa. Quedaries parada, Adela, m'he espavilat molt amb el francès i em faig entendre molt bé». «N'estava segura, Mercè, amb el que tu saps no podia ser d'un l'altra manera. La pròxima setmana t'enviaré una carta i també alguna fotografia del local. M'agradaria molt que m'enviessis fotos dels nens, que fa molt que no els veig». I es va tallar la trucada. En tallar-se va sortir-me una riallada pensant que igual la Mercè havia hagut de penjar perquè no aguantava que jo em comportés com una metralladora d'esdeveniments. Sentia tanta estimació per la Mercè! La dona en què m'havia transformat era en molta part gràcies a ella.

Començava una nova vida, vaig donar un aire més modern al meu vestir, encara que de manera senzilla, vaig anar a la perruqueria perquè em fessin un pentinat més actual, vaig començar a maquillar-me una mica... Estar venent llet i servint berenars a senyores que venien amb els fills o els nets em feia sentir més important i més mestressa de la feina. Va quedar un local molt agradable, potser amb una decoració massa femenina, amb colors suaus, estovalles a les taules d'un petit estampat molt discret de floretes i una vaixella de porcellana blanca molt senzilla i moderna. A mesura que anava muntant l'establiment, em sentia més satisfeta, i a més veia que agradava a tots.

Volia crear un ambient agradable per a tots els clients, fent amistats, però mai vaig voler familiaritzar-me amb ningú, ni dones ni homes. En aquella època sí que hauria pogut enganyar ben bé al Rafel, alguns senyors volien tenir amb mi una amistat més íntima, venien quasi cada dia a prendre alguna cosa i em llençaven petites indirectes, que «quina sort que té el seu marit...». És fàcil confondre la simpatia d'una feina ben feta amb altres coses. Jo no vaig permetre mai cap confusió ni cap relliscada. En Rafel no es mereixia que em portés malament amb ell, que sempre m'havia tractat amb molt de respecte, com si fos una gran dama.

Per aquella època van portar canyes a l'establiment, més que res pels nens, per prendre millor la llet, perquè els encantava xuclar. I jo, quan veia que xuclaven, pensava amb nostàlgia en la manera com bevien els meus estimats béns. Xuclant l'aigua com si tinguessin canyes a la boca. Quants anys havien passat!

Un dia va entrar a la granja un noi que vivia a prop de casa de la Mercè amb la seva mare soltera, segur que això va marcar la seva infància. La seva mare era infermera, també vivia amb ells l'àvia, que era madrona, però ja estava jubilada i tenia unes mans meravelloses per a brodar. Jo el recordava com un noiet molt tímid. No hi havia pensat més en aquell noi. Quan va entrar, em va mirar i va dir-me: «Que canviada estàs! No em coneixes?». «Sí, sí que et conec, però fa tant temps que no t'havia vist!». Tots dos estàvem molt canviats. Vam estar contents de veure'ns, de retrobar-nos després de tants anys. Va dir-me que estava casat, que no tenia fills i que la seva àvia i la seva mare havien mort. Es va acostar una mica i va confessar-me: «Tu, sense saber-ho, vas tenir un paper molt important a la meva vida. Vas saber endevinar que jo era molt tímid i tenia por. Tu em demostraves afecte i m'explicaves coses de quan eres petita, sempre tenies un somriure i em donaves consells de com comportar-me, em vas donar a entendre que jo no era menys que ningú. Vas ajudar a fer-me més fort i valent dient-me que havia d'aprendre a "ser" i no a "tenir", i que jo era molt especial. Sempre t'he recordat molt. Crec que podria dir que estava enamorat de tu». «Oh! M'alegro molt que et servís la meva ajuda, eres un nen tan sensible i bo, un nen molt especial, jo també tenia amb molta estima la teva iaia i la teva mare... Jo estic casada i la Mercè ha marxat a viure a França.» «Sí, jo també estic casat però no tinc fills».

Va venir alguna vegada més amb la seva dona i me la va presentar. Se'ls veia molt ben avinguts. Vaig estar molt contenta de tornar a veure'l. Pensar que, sense voler, l'havia ajudat a millorar la seva vida i fer que agafés més seguretat! Jo, que em sentia tan poca cosa, sense saber-ho el vaig ajudar. El recordo amb molta estima.

La vida té coses estranyes. Et passen persones pel costat que tu ni les recordes i, en canvi, potser els has deixat una gran petjada a la seva vida.

***

Ha vingut a veure'm el metge, no pensava que millorés tan de pressa, que estic molt millor, que puc respirar per mi mateixa, que tot és correcte i que aviat em podré aixecar una mica. «Crec que té raó, doctor, començo a tenir gana.» Ell em mira rient i em diu que és un bon senyal.

Si tolero bé aixecar-me, recupero forcés i reacciono bé al tractament, igual la setmana vinent podré pujar a planta. Allà estaré més distreta, veuré la llum natural, segurament tindre una veïna d'habitació i podré passejar per la planta, podré rebre visites, que tot m'ajudarà a recuperar-me més de pressa.

Ara entren les visites. Oh, entra en Rafel. Va com espantat. Ara s'acosta una infermera i l'apropa al meu llit. Ens mirem i ens fem un somriure. Amb molt d'esforç li dic: «Aviat podrem estar junts a la nostra casa. El nostre niuet, com deia la Mercè. Te'n recordes?». Hem passat tot el temps de la visita agafats de la mà, mirant-nos, gaudint d'aquells instants de recuperació.

***

Ara estic completament desperta i sé on soc. Passo tant temps sola que m'agrada anar repassant la meva vida.

Va ser en aquella època que vaig començar a cuidar-me de la granja que vaig adonar-me que tornava a estar embarassada. En Rafel va ser l'home més feliç del món, jo també estava contenta. Vaig seguir treballant amb molta il·lusió i alegria i tots dos somiàvem i fèiem plans per quan vingués el nostre fill. Un dia, ordenant l'armari, vaig trobar el potet amb una cosa seca, sense forma, difícil de saber què era... Vaig sentir una fiblada molt forta al cor, una pena molt gran, frisança i remordiment, no trobava paraules ni pensaments per tornar a rememorar el que havia fet feia anys.

Va començar a envair-me una obsessió. Quan entrava a casa el primer que feia era anar a veure el potet i em sentia molt culpable pensant en què hagués passat si aquella vegada no hagués sigut capaç d'anar al pis de la carretera de Sants. Pensava en la pena que tindria en Rafel si ho trobés i que igual no seria capaç d'acceptar allò que jo havia fet sense consultar-li. Un dia vaig fer la cosa més inimaginable que hagués pensat mai, l'improvisat sense sentit: vaig agafar el potet i el vaig tirar a la galleda de les escombraries. Per què? No ho sé, va ser un moviment incontrolat però que pensava que m'alliberaria el pensament de remordiments. Per altra banda vaig pensar que així, si a mi em passava alguna cosa, en Rafel no ho trobaria. Però mai no he deixat de pensar-hi, i no comprenc com vaig poder fer-ho. En lloc d'alliberar-me m'ha deixat una gran pena al cor. Això m'ha fet pensar que les persones, al món, molts cops no som ni bones ni dolentes, sinó que, en un moment donat, podem tenir comportaments bons o dolents i que el temps no sempre allibera el dolor.

***

La nostra petita granja era un èxit. S'havia convertit en un centre de trobada de moltes senyores amb els seus nens per berenar. Estàvem molt contents. En Joan i en Rafel van decidir obrir dues granges més a Barcelona, que jo fes l'entrevista a les persones que havien de portar-les i també que controlés el seu funcionament.

A la vegada que augmentava la meva feina, també augmentava el meu embaràs. I amb tanta feina com tenia gairebé no podia pensar en el que jo considerava el meu pecat. El que sentia era una gran estima i satisfacció pel fill que esperava i pel gran goig que sentia en Rafel, que comptava els dies, m'acompanyava al metge i em deia: «Qualsevol problema que tinguis, sobretot truca'm». I quan arribava ja des de la porta cridava: «On és la meva preciosa parella?».

Va arribar el dia en què no em vaig trobar bé i que anava de part. Tot el temps vaig tenir la Carme al costat, ens havíem convertit en bones amigues. En Rafel estava molt content i també nerviós, però alhora se sentia trist pels meus dolors i malestar. Jo li deia que allò no era ben bé dolor, era un dolor que acabaria en alegria i no un patiment inútil.

Després de tres hores vaig tenir el fill més formós del món. El primer que vaig veure van ser les llàgrimes que no podia reprimir el Rafel. Vaig fer-li senyals perquè s'acostés i li vaig dir: «Veus com aquest dolor té una gran recompensa? Soc la dona més feliç del món». I vam estar mirant el nostre nen molta estona. Era perfecte, tenia els seus bracets, les cametes, els ditets... era preciós, era una joia.

Vam anar acostumant-nos a tenir aquella preciositat a casa. Gaudíem amb els seus plors i els seus sons. Les nits que no dormia, nosaltres estàvem neguitosos pensant si li passava alguna cosa. I si tenia mal de panxa? Sovint acabàvem posant-lo al mig del llit amb nosaltres i es quedava adormit, com un angelet, segur que no li agradava estar sol. No ens cansàvem de mirar-lo i gaudir-ne, vam veure el seu primer somriure, la primera denteta, el primer balboteig...

Jo estava molt contenta i en Rafel era l'home més feliç del món. Però no podia deixar de pensar en allò que havia estat capaç de fer amb un fill meu. No hauria sigut un nen perfecte, també?

Com que feia molt bon temps, cada dia anàvem a passejar i passàvem per les granges per veure si tot funcionava bé. Teníem molta sort amb les persones que hi teníem treballant, eren amables amb els clients i espavilades. Nosaltres els donàvem confiança, pagàvem el millor que podíem i respectàvem la seva feina.

Cada dia anava al mateix parc a passejar amb el cotxet i em trobava amb una noia que també passejava un infant. Totes dues teníem la sensació que ens coneixíem. Un dia vam començar a comentar coses de la nostra infància i em va dir que no era de Barcelona. Totes dues havíem tingut una infància molt trista, però ella, pobreta, encara pitjor, perquè de molt petites ella i la seva germana s'havien quedat sense mare. El seu pare es va casar amb una soltera d'una masia propera, que semblava molt dolça, creient que cuidaria molt bé les filles però aviat va començar a queixar-se de què les nenes es portaven malament i li donaven molta feina. Com es feien pipí al llit no els donava res de veure i ella recordava com, d'amagat, ella i la seva germaneta es bevien l'aigua de les gallines.

Mentre parlava, jo anava estudiant els seus ulls, la seva fesomia i vaig atrevir-me a preguntar-li d'on era. Vam adonar-nos amb gran sorpresa que de petites vivíem molt a prop i havíem jugat juntes. Però després, quan es va tornar a casar el seu pare, gairebé no ens vam veure més.

En aquell moment vaig recordar que es va presentar a la nostra masia, no podia recordar si ella o la seva germana, molt espantada per la sang que li rajava cames avall. Jo em vaig espantar molt i vaig córrer a buscar la mare. Quan la va veure la va fer entrar a casa, va agafar un drap net i una galleda d'aigua i la va netejar. Després de rentar-la va quedar tranquil·la perquè segurament havia pensat que l'havien violat. La mare ens va explicar que era una cosa normal de les dones, que sagnàvem tots els mesos i que no sabia molt bé per què però que això volia dir que, quan fos més gran, podria tenir fills. Li va donar trossos de draps per posar-se entre les cames i que ho havia d'explicar a la seva germana. Va dir-nos que el seu pare feia molts dies que havia anat a treballar de llenyataire lluny del poble i que la dona que s'havia casat amb ell li havia dit que la sang que tenia a les cames era un càstig de Déu perquè no eren bones.

La meva mare va quedar tan trasbalsada amb aquelles nenes que quan va trobar-se amb altres dones del poble a la font els va parlar de la situació que vivien. Com m'emociona que, tot i la mala situació en què també vivien elles, anaren totes juntes a veure el capellà del poble i el mestre! Imagino que el mestre devia ser qui va posar més interès a trobar una solució, però, evidentment, a nosaltres no ens van explicar res quan les nenes van desaparèixer del poble.

I ara ens havíem trobat quasi de manera miraculosa, ens vam estar mirant i estudiant-nos els ulls, els llavis, la manera tímida amb què somrèiem... estàvem contentes d'haver-nos trobat després de tants anys i en una situació ben diferent. Vam estar explicant-nos tot el que havíem passat durant aquells anys.

A elles, per sort, les van separar d'aquella casa, perquè el pare també va dir que ell sol no podia cuidar-se de les nenes i a més s'havia casat amb aquella dona i no podia deixar-la. Gràcies principalment al mestre van trobar en un altre poble una tia de la seva mare que se'n va fer càrrec. La tia no havia pensat ni de bon tros que les nenes estiguessin tan maltractades. La tieta ja era gran i estava molt faltada de companyia. Van anar a l'escola d'aquell poble, van passar una bona temporada perquè estaven ben cuidades i vivien una vida que no havien pogut ni somiar.

Però la mala sort i la pena les van tornar a visitar. Dormien les tres juntes en una mateixa habitació i habitualment la tieta es llevava abans i les despertava a elles. Un dia es van despertar i la tieta aparentment encara dormia. Quan s'hi van acostar per tocar-la i despertar-la van veure que estava morta. «Semblava completament impossible que s'hagués mort la tieta. Ella ens estimava molt, no havíem sentit aquella estimació d'ençà que érem molt petites i encara teníem la nostra mare. Amb ella havíem canviat completament de vida». Ens vam abraçar totes dues plorant.

Jo vaig pensar que la seva vida encara havia estat més dura i difícil que la meva. Vam estar molta estona en silenci, mirant els nostres fills, donant gràcies a Déu perquè ells tenien una vida millor. Li vaig explicar coses de la meva vida i la sort que havia tingut trobant la Mercè. Ella també finalment havia trobat la tranquil·litat i una vida feliç. Els serveis socials de la capital, amb la gran ajuda i tossuderia del mestre de poble, que no havia perdut mai el contacte amb elles i que va moure cel i terra per ajudar-les, van aconseguir que les acollissin una parella encantadora que en molt poc temps es van convertir en els seus pares. «La nostra vida va canviar molt. Teníem un pare i una mare que ens cuidaven i estimaven. Que van aprendre a reconèixer tots els nostres traumes i les nostres mancances. Nosaltres vam aprendre a confiar, a no tenir por de la nostra nova família, que va saber guanyar-se la nostra estimació. Vam deixar-nos anar en els seus braços amb totes les nostres forces i en molt poc temps ens vam convertir en una gran família. La meva germana viu a Madrid, està casada, és advocada i té dos fills preciosos. Totes dues comptem amb els millors avis del món».

Quina alegria vaig sentir de trobar, després de tants anys, una nena que com jo havia patit tant en la seva infància i que ara era una persona adulta amb una família i una vida feliç. Mai no vam deixar de veure'ns. Ens trobàvem i vèiem com els fills es feien grans. Quan va venir la seva germana a veure-la ens vam trobar les tres. Teníem records tan tristos per parlar entre nosaltres! Després vam anar les tres parelles a sopar, jo no podia acabar de creure'm la sort que havíem tingut finalment a les nostres vides. Amb quina joia vam viure aquelles hores!

Els dies passaven tranquils i feliços, no teníem problemes econòmics, vivíem encantats amb el nostre fill. Avui li surt una denteta, ara tant sí com no vol posar-se dret i va a parar a terra, gateja perquè encara no sap caminar, s'agafa a una cadira per posar-se dret... «Rafel, Rafel, mira com es posa dret!». Estàvem sempre pendents del nostre estimat fill.

Que ràpid es fan grans els fills! S'ha d'aprofitar cada moment, perquè de seguida s'ha de començar a buscar el col·legi que penses que és el més adient per la seva educació.

Feia dies que tenia una idea al cap. Parlava freqüentment amb la Mercè i li enviava fotografies del nen i la posava al corrent de la nostra vida, ella també m'explicava que estava tan i tan bé i que els seus nets es feien molt grans, i... pensant, pensant, em va madurar la idea d'anar a passar uns dies a París amb en Rafel i el nen; estava començant el bon temps després d'un hivern bastant fred, el nen tenia salut i podríem aprofitar-ho. El Rafel em va dir: «Quina bona idea que has tingut, em sembla fantàstic, quina alegria més gran tindrà la Mercè. I el seu fill sempre ens convida a anar-hi. Que et sembla si hi anem amb avió? Truca a la Mercè, a veure».

Quan vaig trucar a la Mercè i li vaig dir el que teníem pensat, va estar tan contenta i feliç! «Mercè, quan sapiguem el dia et trucaré». Al cap de poc va trucar el seu fill. «Que contents ens feu a tots de venir a veure'ns, a la que tingueu l'horari de l'avió ho dieu i ni pensar-hi d'anar a un hotel, nosaltres aquí tenim prou lloc, i així junts aprofitarem més el temps i podrem gaudir més de la nostra mútua companyia».

A partir d'aquell dia ja només estàvem pendents de buscar avió i preparar el viatge a París. Quina il·lusió.

Va ser un viatge meravellós, feia molt bon temps, el trajecte amb avió va ser tranquil i ràpid i el nen va dormir tota l'estona. Quan vam arribar a l'aeroport de París ja ens esperaven el fill de la Mercè i la seva dona. Ens van fer una bona acollida, es notava que els venia molt de gust la nostra visita. Vam anar amb el seu cotxe cap a casa seva, una casa molt maca envoltada per un jardí, als afores de París, en una zona molt agradable i tranquil·la. La Mercè ens esperava amb ànsia i quan ens vam veure vam córrer per fer-nos una gran abraçada i petons amb una barreja de plorar i riure. Va ajupir-se per agafar el nen, fer-li una gran abraçada i petonejar-ho. «Deixa'm agafar aquesta meravella de criatura, no sabria dir a qui s'assembla, és una barreja del que teniu més maco tots dos», i l'acaronava amb tant d'amor! Encara que se li notava el pas dels anys, estava guapa. Segur que ella també va notar el pas dels anys en mi.

La seva nora ens va acompanyar a la nostra habitació. «Descanseu una mica. Avui venen els nens a dinar, i amb la il·lusió que tenen vindran volant. Podem dinar junts. Si necessiteu qualsevol cosa, no us esteu de demanar-la. Després us ensenyo la casa». L'habitació estava decorada amb molt de gust, teníem el nostre quarto de bany i la finestra de l'habitació donava al jardí, que estava molt ben cuidat. Vam desfer la maleta i quan estàvem preparats per sortir de l'habitació van trucar a la porta. Era la Mercè. «Tenia moltes ganes de veure-us i no he pogut esperar que vosaltres vinguéssiu. Que feliç estic amb la vostra visita! Que bé esteu i quin nen més preciós!» «Gràcies, Mercè, la veritat és que sí que estem molt bé i feliços, i tu no cal que diguis res, quina cara de salut i que contenta estàs.» El nen es va tirar als braços de la iaia

Mercè. «Mira aquest noi com vol anar amb la iaia!» La Mercè va estar molt feliç.

Quan vam arribar al menjador ja ens esperaven amb la taula parada. Els nens van córrer per fer-nos un petó i agafar el nostre fill amb molta alegria i ell, encara que només tenia dos anys, va sortir al jardí agafat de la mà de la Mercè, la neta que portava el nom de la iaia. Van ser uns dies preciosos. Després de dinar vam parlar de què els negocis ens anaven prou bé, li vaig ensenyar a la Mercè fotografies dels seus mobles al nostre pis i va quedar molt contenta i sorpresa del bé que quedaven. El fill de la Mercè volia portar-nos a conèixer molts indrets de París, però nosaltres només desitjàvem veure'ls a ells i gaudir de la seva companyia. Eren solament quatre dies de viatge, molt poquet, i vam anar un parell de dies a passejar una mica pel centre, a caminar pels Camps Elisis i per la vorera del Sena i mirar de lluny la majestuositat de la Torre Eiffel i Notre-Dame. Vam gaudir molt amb ells i vam consolidar la nostra amistat. El comiat va ser una mica trist per la Mercè, igual no tornaríem a veure'ns. El viatge de tornada va ser entre trist i dolç, quina alegria era haver conviscut uns dies tan agradables amb la Mercè i la seva preciosa família. Vàrem tornar amb una sensació agradable, que tant per nosaltres com per ells la visita s'havia fet curta, inclús el nen tornava amb l'enyor d'haver gaudit molt de «les cosinetes» i la iaia.

Van passar els dies i ja havíem de portar el nen a l'escola. Vam començar a buscar i al final vam trobar una molt a prop de casa, que a més d'això feia servir el sistema educatiu que més ens agradava. Era principis d'any i el nen havia de començar passat l'estiu. «Rafel, i si aquest estiu abans que el nen comenci l'escola al setembre anem a fer una visita als teus germans i a la meva germana?»

En Rafel va escriure al seu germà comentant-li que ens faria molta il·lusió anar-hi, que coneguessin el nen i nosaltres veure'ls a ells i als nebots, que segur que estaven molt grans i al més petit tampoc no el coneixíem. Van contestar contents que anéssim a veure'ls, que estaven tots esperant que arribés el dia. Vam comentar-ho amb el Joan i la Carme, quan ens vam reunir a dinar, i van estar completament d'acord que anéssim a veure la família, que per la feina no ens havíem de preocupar.

La visita al poble era una necessitat que teníem tots, però fins aquell moment no n'havíem sigut prou conscients. Per ells va ser una alegria tan gran la nostra carta dient que teníem ganes de veure'ls... Amb tot el temps que érem fora del poble només hi havíem estat un cop, per problemes de temps amb la feina i perquè tampoc havíem tingut prou recursos econòmics. Vam estar-hi quinze dies. El nostre nen era tan afectuós... va arribar amb tanta alegria a conèixer els seus cosins i tiets! Varen ser uns dies molt ben aprofitats. Veia el trapella del meu fill que gaudia tant amb les feines del camp, collia tomàquets, pujava al tractor i el molt decidit volia conduir-lo, tots els animals anaven darrere d'ell, van ser uns dies preciosos per tots. El temps es va fer molt curt, vàrem marxar sabent que havíem de repetir d'una manera més freqüent aquestes visites

Ara el nen ja anava a l'escola, era molt alegre i tenia molt interès per aprendre. Volia saber-ho tot i sempre preguntava per a què servien les coses. En Rafel n'estava tan orgullós! Sovint, estant-me a la cuina o en alguna altra habitació, els sentia parlar i riure. S'ho passaven tan bé estant junts!

Vam agafar el sa costum, tinguéssim la idea que tinguéssim, d'anar cada estiu a passar uns quinze dies al poble amb la família. Ells, entre el camp i les bèsties, tenien molta feina i no la podien deixar, a nosaltres ens feia molta il·lusió anar-hi i el nen era un entusiasta de la vida a l'aire lliure i d'anar al camp i a banyar-se al riu amb els seus cosins. Coneixia tots els del poble i els seus animals. I nosaltres vam tornar a agafar molta confiança amb els nostres germans després d'haver estat tant temps separats.

El nen ja anava sol a l'escola, que estava molt propera a casa. Cada dia jo sortia al balcó i li deia adeu fins que ell, abans de tombar la cantonada, em tirava un petó i em feia adeu amb la mà.

«Què passa?» Un malaurat dia, del balcó estant, vaig veure que el meu fill queia a terra. No semblava que li haguessin donat cap cop ni que ningú l'hagués tocat. Vaig cridar «Fill meu!» i vaig córrer cap a la porta de l'escala per anar fins on l'havia vist caure. Vaig cridar-lo pel seu nom diverses vegades però no contestava. No em responia, tenia els ulls tancats i estava quiet. Va arribar una ambulància que algú havia cridat i vaig pujar-hi, sense ni saber com, amb el meu fill que semblava mort.

Quan feia una estona que s'havien emportat el nostre fill al quiròfan va arribar en Rafel i es va cuidar de tot. Jo estava asseguda amb la mare d'un nen de l'escola i un mestre que havien avisat. Jo no podia parlar, no podia plorar, estava destrossada. En aquell moment no existia res per a mi. I res no va tornar a ser igual. Jo també vaig deixar d'existir.

Ens va venir a veure un metge i va dir-nos que al nostre fill l'estaven operant d'urgència perquè havia patit un aneurisma, i que seria molt difícil que sobrevisqués. Jo de tot això no vaig ni assabentar-me'n perquè en aquell moment l'únic que podia pensar i veure era el meu fill sense sentit a terra.

Després de moltes hores d'estar amb l'ai al cor, ens van dir que el nostre fill no havia aguantat l'operació i que s'havia mort.

No ens podíem mirar el Rafel i jo, era com si no ens coneguéssim, no teníem ni una paraula per dir-nos, érem com dos estranys que compartíem el mateix dolor. El nostre fill era la nostra alegria, era la nostra raó de viure. Sumits tots dos en la nostra pena, no sabíem ni com consolar-nos, res no tenia sentit. Jo crec que no vaig parlar fins després de moltes hores.

El nostre fill era un ésser especial, afectuós, estudiós, ens estimava molt i ens respectava. Tenia una mirada neta, noble, i quan sortia de l'escola venia a buscar-me a la granja on tothom el coneixia i estimava. Conquistava tothom amb la seva simpatia.

Com poder viure sense ell! Era tan jove! Era un nen. Ens quedaven tantes coses per dir, tantes coses per viure junts. Tenia tota una vida al davant, que hauria sigut més bona o més dura, però només estava al començament.

Els primers dies després de la mort d'un fill són tristos, desesperants, no et pots fer càrrec de la seva pèrdua, estàs com mig hipnotitzat, tothom et parla, tothom et compadeix i no acabes de ser tu mateix. No pots ni plorar. Hi ha moments en què creus que no passa res, que tot ha sigut un somni. I et sents culpable de la seva mort, penses que hauries de ser tu el mort. Jo ja havia viscut prou.

Una amiga va preguntar-me què havia pres per estar tan sencera i tan digna durant l'enterrament. Jo no sabia què contestar-li perquè no sabia ni com em movia, ni què deia ni amb qui parlava. Semblava com si, juntament amb el meu fill, jo fos l'estrella protagonista d'aquell espectacle.

Al principi em va fer la impressió de què tot allò era una farsa en què havia de participar i, quan hagués passat, tot tornaria a ser igual que abans. Inclús l'hi explicaria a ell com una aventura quan es llevés d'aquesta son tan tossuda en què es trobava. Però quan tot el rebombori ha passat i ell definitivament no hi és, llavors t'adones que no tindràs mai més el fill al teu costat, i és a partir d'aquell moment que ets conscient que la teva vida no serà mai més la mateixa. Això sí que sempre ho tens present... La teva vida no és igual mai més!

Quan tots tornen a casa la seva vida continua igual, però quan tu tornes a la teva, el ser que més estimaves al món ja no és al teu costat, encara que la seva presència sempre estigui amb tu. Ja no menjarem més junts, no li faré el petó de bona nit, no el despertaré al matí i no esmorzarem junts, no acaronaré els seus fills, no escoltaré mai els seus problemes amb els amics o amb les nenes que li agraden...

Recordes totes les seves maneres de fer. Et sents malèvola, injusta molts cops, perquè no li has deixat fer alguna cosa, creus que no l'has tractat amb prou afecte. Et creus una persona injusta, et fa mal el cor i fins i tot sents que se't regiren les tripes, com recordant el temps que el portaves dintre.

Quan algú comenta que es fa gran, penses: «No et queixis perquè et fas gran, que a molts no se'ls ha concedit aquest privilegi». Ell segueix sent el mateix nen de sempre, se li ha negat el dret a envellir, mentre veuràs com envelleix la gent que t'estimes.

Quan em quedava sola donava voltes per la casa i molts cops acabava a la seva habitació, mirava les seves coses, tal com ell ho havia deixat quan va marxar a l'escola. Els llibres que no llegiria, les joguines que no gaudiria, la roba que no es posaria, el llit on mai més dormiria. I el dolor era tan gran que queia a terra amb el cap sobre el llit, plorant i desitjant que tot fos només un somni.

Després de molts dies de plorar i no poder assumir la seva pèrdua, en Rafel i jo encara no podíem mirar-nos als ulls. Al final vam parlar i vam estar d'acord que havíem de continuar endavant. Vaig tornar a sortir al carrer a comprar, a donar una volta per les granges. Tothom ens va ajudar i fer costat, ells també sentien molt la pèrdua del nostre fill perquè també l'estimaven molt. Un dia teníem un problema, un altre dia una alegria, i així el temps va anar passant. Malgrat tot, cada dia sortia al balcó esperant veure el meu fill marxar a l'escola i que es giraria i em faria adeu amb la mà i em tiraria un petó. Però ell no ho va fer mai més.

De vegades caminava pel carrer i veia un nen per l'esquena o un grupet de nens i talment un d'ells em semblava el meu fill. Havia d'estrènyer fort els punys i dir-me que no era ell, tancava ben fort un moment els ulls i en tornar-los a obrir pensava que el trobaria al davant. Però tot es reduïa a somnis, el nostre fill no tornaria més. I tampoc podia fer res amb el potet que jo, sense cap sentiment, vaig llençar.

Després de molts dies de treball, vam agafar uns dies de vacances i vam marxar al poble a veure la família. Ells, principalment perquè s'havien de fer càrrec de les bèsties, donar el menjar a tots els animals i les vaques i les cabres han de munyir-se, no van poder venir a l'enterrament del nostre fill (nosaltres, com que sabíem com era la vida al camp, vam comprendre la seva absència).

Va ser molt dur decidir anar al poble, perquè hi havíem estat els anys anteriors amb el nostre fill i sabíem com s'ho va passar de bé. Era falaguer amb tothom. Tot el poble havia sentit molt la seva pèrdua. Tot plegat va ser un altre dol. Durant tot el camí, en Rafel i jo no sabíem avenir-nos d'anar sols. La pèrdua d'un fill t'acompanya tota la vida.

Va suposar tornar a explicar-ho tot, com va passar, posar els nostres sentiments a flor de pell. Explicar com van ser per nosaltres aquells moments tan dolorosos. Recordar quan et pensaves que la cirurgia et trauria d'aquell malson, o de la manera que es va viure a l'escola...

Explicar-ho a tothom no va ser un esforç, teníem moltes ganes de parlar-ne i de què ens preguntessin. Encara que t'enganyis treballant i mirant de distreure't cada dia, de fet, el que voldries fer és parlar i pensar només en el teu fill estimat, a totes hores...

Durant aquell viatge al poble, una tarda qualsevol, quan el meu fill em va venir a buscar i amb tot el dolor del meu cor vaig deixar que marxés sol... però segur que ell ho va entendre. Jo estava asseguda al jardí davant la masia de la meva germana, el tenia molt cuidat, amb flors, i unes grans moreres que feien una bona ombra a l'estiu que durant l'hivern perdien les seves fulles i no impedien que passés el sol, quedaven unes branques grans i fortes esperant omplir-se de fulles de nou durant la primavera. Hi havia una preciosa taula de fusta molt vella però cuidada, on a les nits d'estiu cabíem tots a sopar i que durant l'hivern els dies de bon sol hi fèiem una mica de vermut o preníem el cafè mentre la canalla anava amunt i avall jugant.

Jo aprofitava el sol de l'hivern per llegir, i va començar a fer vent, un vent molt estrany, només es movien les fulles d'una olivera que tenia propera, va començar a canviar el color de les fulles del verd al gris, del gris al verd, verdes i platejades, platejades i verdes, sempre m'ha agradat molt aquest canvi de tons que tenen les oliveres en resposta al vent. La mirava com enlluernada, encisada. I llavors vaig percebre el meu fill que lliscava entre els núvols i l'olivera, va arribar a agafar-me la mà, era la seva mà, sí, aquella mà tan estimada, fina i rodoneta, ben cuidada... i tots dos vam anar pujant lentament, a l'alçada de les fulles de l'olivera. «Jo marxaria amb tu, fill meu, però no puc deixar el teu pare sol!» Ell, amb un somriure tan bondadós i dolç com sempre, em va deixar la mà i va marxar lentament, portat pel vent.

Vaig despertar amb un gran ensurt, tenia al meu costat en Rafel, la meva germana i el metge del poble. M'havien posat una injecció, tots feien cara d'espantats. Van fer sospirs d'alegria en veure que jo obria els ulls i preguntava molt astorada: «Què passa?». La meva germana va dir: «Vaja, quin ensurt ens has donat! He sortit a veure't i a parlar una mica amb tu i t'he trobat a terra amb una pal·lidesa com de cera i amb un pols molt fluix, sort que en Rafel no estava gaire lluny i el metge ha vingut de seguida». Jo els vaig mirar i vaig fer un somriure. «No patiu, estic bé», però sabia que el metge i la injecció no hi havien tingut res a veure, que era jo qui havia pres, malgrat que amb tota la pena del món, la meva decisió.

Va passar el temps, el negoci funcionava bé. En Joan i el Rafel sempre van tenir molt bona relació i la Carme era una persona oberta, bona, no teníem mai cap problema, al contrari, sempre estàvem a punt per compartir coses. Com totes dues teníem temps vam poder dedicar-nos més a la lectura, ens intercanviàvem els llibres i després els comentàvem, també anàvem a visitar museus.

D'ençà de la mort del nostre fill, la relació amb en Joan i la Carme es va enfortir molt. En certa manera, sentíem que tots dos formaven part de la nostra família, igual que havia passat amb la Mercè, que ara mateix era lluny de Barcelona (jo especialment trobava molt a faltar els seus assenyats consells). En Joan i la Carme tenien un fill quatre anys més gran que el nostre primer (aquell que ningú sabia que havia existit), era bon fill i bon estudiant i com que la relació mútua era cada cop més estreta ens feia molt costat.

Nosaltres anàvem mantenint contacte amb els nostres familiars del poble, ens enteníem molt bé i ens ajudàvem. L'últim estiu que vam estar al poble, després que el nostre fill ens va deixar, el germà d'en Rafel va dir que volia parlar-nos d'un tema que potser ens faria mal però que no estàvem compromesos a acceptar-lo. Creia que al seu fill li agradava molt estudiar i que vivint al poble no ho tenia gens fàcil, però que si nosaltres en tinguéssim cura a la ciutat, ell podria seguir millor els estudis. En Rafel i jo vam quedar molt sorpresos, però ens vam mirar i de seguida ho vam tenir clar. Sí que estàvem disposats a emportar-nos el nostre nebot amb nosaltres. A més a més, en Rafel va dir-li al seu germà que no es preocupés pels diners, que nosaltres ens podíem fer càrrec de la seva educació, que sabíem com era de difícil viure del camp i que a nosaltres a la ciutat les coses ens funcionaven prou bé. Jo vaig estar completament d'acord amb aquest gest d'en Rafel.

Vam passar la resta dels dies fent plans pel trasllat a Barcelona. Pensàvem a quin institut podríem apuntar-lo perquè pogués seguir bé els estudis. En Joan, des de Barcelona, ens va enviar informació i també ens va transmetre que ell i la Carme estaven contents que haguéssim fet aquest pensament. Per fi ho vam tenir tot a punt i el dia de tornar a Barcelona tots estàvem molt atrafegats, el nebot molt content i alhora espantat de la vida tan diferent que l'esperava. Els vam dir que no havien de patir, que tot aniria bé i que no li faltaria de res.

Vam arribar a casa molt cansats i amb molta son després d'haver fet molts quilòmetres. L'habitació del meu fill sempre la tenia arreglada; no havia sigut capaç de tocar res. Vaig agafar el meu nebot de la mà i el vaig portar fins a l'habitació del seu cosí i es va abraçar a mi. «No, tieta, em podria estar en un altre lloc, jo l'estimava molt...» «Per això mateix, ell estaria molt content que tu tinguessis les seves coses. Vinga! Ara a descansar i demà parlarem i arreglarem l'habitació perquè tu hi estiguis còmode.» Quan vam quedar sols, en Rafel i jo ens vam agafar de la mà i ens vam mirar tranquils i contents d'haver acceptat aquell noi perquè vingués a viure amb nosaltres. I vam pensar que havíem d'agrair-li la seva companyia i el seu afecte.

Encara faltaven uns quants dies perquè comencés el curs, fins a la pròxima setmana no havien de començar les classes. En Rafel i el nebot van anar a l'institut amb tots els papers, segons havia esbrinat en Joan quan hi havia anat per veure si era possible, per fer la matrícula. Vaig trucar a la Carme per dir-li que ja havíem arribat i que jo ja podria incorporar-me a la feina, que era més de reforç i de control que no pas de complir un horari. Va estar molt contenta i ens va convidar a dinar perquè així podríem parlar tranquil·lament, sense estar pendents del rellotge, i a més coneixerien el noi.

L'endemà ens vam encaminar a la casa de la Carme i en Joan. Hi vam anar caminant pels carrers principals i aquell noi, que no havia estat mai a Barcelona, no parava de mirar-ho tot. Per ell tot era nou i estava molt content perquè tot ho veia gran i bonic.

Quan vam arribar a dinar ja ens esperaven, amb la taula parada, i ens vam retrobar amb moltes ganes de veure'ns i parlar. En un moment a soles a la cuina la Carme va dir-me: «Que maco es veu aquest noi, es nota que us estima de veritat». Va ser un dinar molt agradable. En Joan i en Rafel van aprofitar per fer una repassada al negoci. La Carme i jo vam estar parlant del bé que vivien els nostres germans al poble, encara que havien d'esforçar-se molt al camp, però tots dos havien tingut molta sort amb les seves parelles. A nosaltres en va agafar un atac de riure tot dient: «Nosaltres també, oi?». Jo vaig afegir: «La sort va ser, Carme, que en Rafel, quan va venir del poble, conegués el Joan i ell li donés tota la confiança, que gràcies a vosaltres tenim tot el que tenim». Va dir-me que la confiança va ser mútua, perquè costa de trobar bones persones treballadores. Ens vam abraçar i vam estar recordant coses que havíem passat juntes. Vam riure, vam plorar i vam tornar a parlar del nebot, que es veia molt eixerit, atent, i amb moltes ganes d'estudiar.

Quan vam tornar a casa ens trobàvem tots tres una mica estranys. En Rafel i jo perquè estàvem acostumats a estar sols, i el noi, perquè estava en un ambient diferent del seu. De moment no tenia cap amic i abans de sopar va passar una estona mirant la televisió, fullejant algun llibre, sortint al balcó, observant que diferent era el paisatge de ciutat d'aquell altre a què els seus ulls estaven acostumats. Vaig proposar d'anar a dormir aviat, ja que l'endemà seria un dia molt diferent per a tots tres, massa avesats a no tenir horari.

Al matí, després d'esmorzar i gandulejar una mica, i mentre en Rafel anava a donar una ullada al negoci, li vaig dir al nebot: «Xicot, anem per feina, primer a posar una mica d'ordre i després podem anar a comprar i organitzar el menjar».

Vam entrar a l'habitació del meu fill, estava tot igual, no havia tocat res, el llit estava obert i la maleta a terra. Va envair-me una tristesa tan gran... Veia el meu fill a tot arreu, assegut al llit, obrint l'armari... Però em va venir un pensament al cap: «El teu fill era generós, sabia estimar i compartir, ell actuaria i faria el que faré jo ara». Vam obrir l'armari i vam començar per la roba. A tots dos se'ns va posar un nus al coll. Trèiem els jerseis, els pantalons, les camises, que feia tant de temps que ningú es posava. Jo pensava que d'un moment a l'altre entraria i diria: «Què feu amb les meves coses?». Però no hi havia marxa enrere, vaig fer el cor fort i li vaig comentar al meu nebot, encara que amb un fil de veu: «Tota aquesta roba demà la rentarem. Ben pensat, crec que quasi tot t'anirà petit, penso que millor la podem pujar al poble, segur que podrà aprofitar-la algú. El cap de setmana podem anar a comprar roba. I tu, si no estàs còmode com estan els mobles, els mourem de lloc de la manera que tu vulguis... Ah, i avisaré un pintor que vingui a fer-hi una repassada, ves pensant de quin color t'agradaria. Si vols, també podem canviar algun moble». «Que dius, tieta! Si són molt nous!» Era veritat, quan va morir feia poc que els havíem comprat i no va tenir temps de gastar-los.

El primer dia ens vam encaminar tots dos cap a l'institut. Ell anava molt content i una mica neguitós perquè tot li era nou. Primer havíem de passar per la direcció de l'institut. Els passadissos ja estaven plens d'estudiants que anaven a les classes i ens miraven amb curiositat. Vam anar a presentar-nos al director, que ja ens esperava. Jo em vaig acomiadar i ell es va emportar el noi a la seva classe per presentar-lo als companys. La veritat és que l'escola em va fer molt bona impressió.

Després vaig encaminar-me amb moltes ganes donar fer una ullada a les granges i a la seva gent. Va ser una trobada molt agradable, tots vam estar molt contents de veure'ns. Vaig trobar-ho tot perfecte.

Al migdia vaig anar a buscar el meu estudiant. Va fer-me un gran petó i una abraçada. Va dir-me: «Tieta, estic molt content. Em sembla que l'institut m'agradarà molt». Jo me'l vaig mirar i va afegir «Dona, és que només hi porto un matí» d'una manera que em va fer riure.

Vam dinar tots tres, en Rafel li anava fent preguntes de com li havia anat a l'institut i ell responia tot content. Ens va passar el migdia tan ràpid que una mica més i fa tard a l'escola, perquè ara ja coneixia prou bé el camí i podia anar-hi sol.

***

Tot just m'he despertat i noto que estic molt millor. Aquesta nit he descansat, he dormit molta estona i sense cap trasbals, sembla que he tingut somnis més agradables que els de les nits anteriors. La infermera m'ajuda a llevar-me del llit. Em costa molt però estic bé asseguda. Em comenta: «Ja tens el teu enamorat esperant per entrar. Es veu que et troba molt a faltar». Jo també tinc moltes ganes de veure'l.

Quan fa una mica que estic asseguda entra, tot esporuguit, en Rafel. El meu Rafel de sempre, tímid, educat. Una infermera l'acompanya i venen tots dos fins al meu costat. S'acosta a fer-me un petó, com el primer dia, i em diu: «No saps com et necessito! No sé viure sense tu. Pensava que no tornaria a veure't». La infermera li diu: «Vinga, senyor Rafel, avui l'Adela ja pot caminar una mica. Doni-li el braç i facin una passejada per aquí dintre».

No podria, voluntàriament, deixar mai aquest home.

Hem caminat agafats del braç una miqueta, però jo de seguida m'he cansat i ara seiem agafats de la mà, solament mirant-nos. No li he preguntat per ningú. Quasi no parlem, l'únic que desitgem és compartir el temps junts.

Finalment, ens acomiadem amb un petó, dient-nos: «Fins demà».

Avui estic molt cansada pels esforços després de tants dies reposant, sort que tornaré aviat al llit i podré descansar.

***

Ja teníem de nou la monotonia de la feina i les classes. El nebot era molt aplicat i en Rafel parlava amb el seu germà per telèfon i li comentava: «Renoi que és eixerit aquest noi! Si a nosaltres de petits ens haguessin ensenyat d'aquesta manera... Redeu! No saps el que sap!».

Vam passar una temporada molt tranquil·la, treballant i aprofitant per passejar i fer-li conèixer tots els racons de Barcelona. Així va ser com tots tres vam conèixer molts museus, parcs i jardins de Barcelona i dels voltants. Coses que ens eren desconegudes o que feia anys que no havíem visitat, també moltes coses noves relacionades amb la història o indrets on no havíem estat mai. Anàvem al cine i al teatre. Gaudíem molt tots tres junts.

Quan es va acabar el curs, va treure bones notes i vam estar molt orgullosos. Llavors va marxar al poble, tenia moltes ganes de veure la família i ensenyar als pares les seves notes. Ell també estava molt content. Com era prou gran va marxar sol amb tren. Nosaltres hi aniríem a passar uns dies abans que comencés el curs, per baixar amb ell.

El nen s'havia convertit en un noi, havia fet una gran estirada i li sortia un petit bigoti. Ja estava en l'adolescència, que esperàvem que no fos molt dura.

Un cop sols, em va trucar la Carme per convidar-nos a dinar el diumenge. Em va dir que ara tindríem una mica més de temps per veure'ns. Vaig acceptar encantada.

El diumenge vam marxar a dinar a casa d'en Joan i la Carme. Estaven molt contents de veure'ns i de poder parlar. A més de la feina, teníem moltes coses en comú. A les postres la Carme va treure xampany, i va dir: «És que hem de donar-vos una notícia i hem de brindar! Serem avis!». Quina alegria més gran, quina il·lusió! Vam aixecar-nos tots i ens vam abraçar i petonejar. Amb molta alegria vam brindar per la bona nova.

La seva jove era una noia molt educada, no li agradaven gaire els estudis i no va voler anar a la universitat. Portava molt bé una de les granges i estava molt integrada en la família, era de fora de Barcelona i amb la seva família no es feia gaire. Des de molt jove s'havia espavilat i com eren diversos germans i la mare s'havia mort, el seu pare es va tornar a casar, la família va quedar molt separada.

Quan ens vam tornar a asseure vaig sentir com un cop de puny al mig del cap. El seu fill era de l'edat del meu gran, del que m'havia desfet, el que no havia deixat créixer i després vaig llençar amb el seu embolcall de vidre, sense saber mai si era nena o nen, sense tenir en compte l'opinió de ningú. Era com una motxilla molt pesada que portaria jo sola per la resta de la meva vida i, encara que no creia en un déu ni just ni misericordiós ni cruel, el remordiment el sentia ben viu. Pensar què se n'hauria fet d'aquell infant quan s'hagués fet gran... El dilema era si jo havia tingut dret a escapçar aquella vida.

La Carme, que va veure que estava pensarosa, va dir: «Ho sento per la nostra alegria». «No, ja saps que la vida no és igual per tots. A nosaltres també ens fa molta il·lusió. Us ajudarem a cuidar d'aquest net i estarem junts per veure'l créixer. Oi, Rafel?» I ell va assentir molt content.

Vam passar els dies treballant tranquils, esperant les vacances per pujar al poble. Un cop per setmana ens reuníem a sopar amb la Carme i en Joan. Els homes parlaven més que res del negoci i la Carme i jo dels llibres que llegíem, de fer alguna sortida al cine o arrossegar els homes a algun restaurant o a algun petit viatge, encara que d'un o dos dies. Parlàvem de coses que estaven de moda o rèiem d'alguna xafarderia dels clients.

Com que a mi m'agradava tant fer treballs manuals, vaig començar a fer coses per a la criatura que esperàvem, tant els futurs pares com els avis estaven encantats. Vaig ensenyar a la Carme a fer punt de mitja i estàvem molt orgulloses dels nostres «models», pensant que li escaurien molt bé. Estàvem pendents de què li fessin una prova a la mare per saber si seria una nena o un nen (amb un procediment nou que en deien «ecografia», els metges asseguraven que no era perillós, però ens feia una mica de basarda). A la Carme i a mi, quan anàvem a comprar els materials per fer els nostres modelets, tot ens agradava, mirant els colors teníem moltes ganes que fos una nena.

Vàrem marxar al poble, però no tants dies com les altres vegades perquè estàvem esperant l'arribada del nadó.

Al començament de les nostres vacances al poble, tot parlant amb la meva germana, vaig preguntar-li com estava la masia en la qual havíem nascut totes dues. Jo imaginava que ja estava tota a terra. «No creguis. La veritat és que fa molt temps que no hi anem ningú, només hi havíem portat algunes eines... Però entre que queda lluny i que actualment no tenim problemes d'espai, fa molt que no hi he anat».

Un dia, em vaig llevar decidida d'anar a fer una visita a la masia. Hi vaig anar caminant i vaig adonar-me que els camins que m'haurien de ser familiars ja m'eren quasi desconeguts.

Les masies de més a prop estaven mig derruïdes. Vaig passar amb nostàlgia per la masia on anàvem, amb el meu germà, a veure la burreta de la senyora que ens deixava menjar les garrofes del pessebre. Tant la quadra com la resta de la masia, que la seva mestressa havia tingut tan neta i cuidada, estaven abandonades i mig enfonsades. «Què se'n devia haver fet?», vaig pensar amb pena. No sabia ni quin nom tenien cap de les dues. Es veia que feia molt temps que no hi vivia ningú.

Des de lluny vaig veure la nostra masia. No es veia prou bé perquè estava envoltada d'herbes i esbarzers que tapaven la porta, i un tros de la teulada havia caigut. Encara estava viva la figuera que tantes figues ens havia donat de petits. Com que estava situada al costat de la placeta de l'àvia i havia crescut molt era ben visible des de lluny. Vaig acostar-m'hi i vaig veure que tenia figues petites. La pobreta, sense ningú que la cuidés, seguia sent forta. Quieta al seu costat, mirant-me-la, vaig tenir una sensació de vida, com si la figuera em saludés i tot aquell temps m'hagués estat esperant. Havia estat tantes vegades jugant al seu costat i pujant a les seves branques! Per mi era com retrobar una vella amiga. Vaig mirar-me-la amb molta tendresa i li vaig dir: «A partir d'ara et cuidaré tant com pugui, no seré capaç de pujar a les teves velles branques però em posaré sota la teva ombra perquè ens fem companyia i passem juntes els últims anys». Va ser un moment tan extraordinari! Sense fer ni una mica de vent, va semblar-me que es movien les fulles i que, contenta, em donava la benvinguda.

Vaig acostar-me a la porta, que estava plena d'esbarzers, i amb molt d'esforç vaig poder fer-hi un forat per obrir-la. A l'entrada hi havia algunes eines i sacs, però va ser prou fàcil passar. A la dreta quedava el reduït espai de la mula i un estret passadís que donava al petit menjador amb el foc a terra. Ara, amb la meva mirada de persona gran, tot em semblava més petit. Encara hi havia al costat del foc la granera que la meva mare feia de branques de sabines. Aquella segurament també l'havia fet la meva mare. Hi quedava la petita i gastada taula, i alguna cadira, un banc i alguns pobres estris de cuina. Em vaig enfilar sobre el banc i vaig obrir la finestra. Entre que era petita i que els esbarzers se la menjaven, no va augmentar gaire la llum.

Vaig pujar l'estreta escala que donava al pis de dalt. El primer que vaig veure va ser el llit dels meus pares, l'únic que hi havia perquè tots els altres dormíem en catres que estaven mossegats segurament per ratolins. Les cortines de separació dels llits estaven mig caigudes i trencades. De la de separació del meu germà i la nostra només en quedava un tros de sac trencat i brut, que vaig acabar de treure.

El que estava més sencer eren les precioses bigues de sabina. En aquell temps no hi donàvem cap valor però ara jo les trobava precioses, com una bella joia. I encara en penjava alguna panotxa.

La meva imaginació em va portar tants records... I tan pocs d'alegres!

Jo vaig néixer i créixer com la meva mare, sense atrevir-me a tenir cap pensament propi ni iniciativa. Sense força de voluntat i amb por, com ella. Tot i això, estimant força la terra que ens maltractava.

Després, per una casualitat, va canviar de cop la meva vida. Gràcies n'havia de donar a la Mercè i al Rafel i a tots els que havia conegut al llarg dels anys.

En acostar-me a una petita finestra i obrir-la va entrar una mica de claror. Quan em vaig tombar va quedar davant meu el forat on guardàvem el gra. Era un petit quadrat fet d'obra, al costat de l'habitació. Segurament estava fet a posta per no facilitar-los el menjar als ratolins, fins i tot encara hi havia una mica de blat. Mirant al fons vaig adonar-me que hi havia un paquet de sac que va cridar-me l'atenció. En abocar-me per recuperar-lo, vaig sentir sobre meu un soroll d'ales i mig de reüll vaig veure que sortien per la finestra que havia obert i s'aguantava mig caiguda una colla de ratpenats que jo havia despertat del seu son.

En obrir el paquet vaig trobar-hi una caixa de fusta mig trencada que no recordava haver vist mai quan era petita. Dins la caixa hi havia petits paquets de roba de nadó molt gastada, amb un grapat de cabells a cada paquet. Pels colors dels cabells vaig entendre que eren els dels meus germans i els meus. També alguna uns rosaris de fusta, un mocador amb lletres brodades que coincidien amb les inicials de la meva àvia... Eren petits records de la mare. No hauria pogut deixar res escrit perquè ella no sabia escriure. A sota de tot vaig trobar encara un petit canut amb papers dins que es veien destenyits pel pas del temps. Dibuixats a llapis hi havia els rostres dels meus germans i el meu, i el gat que la meva mare s'estimava tant i que es van menjar el meu pare i els seus amics quan anaven beguts.

Vaig abraçar la caixa i els tresors de la meva mare. Sembla que ella tenia la facilitat per dibuixar que va heretar el meu germà, tot i que cap de nosaltres mai no ho va descobrir. No podia parar de plorar mentre estrenyia fort aquella caixa contra el meu pit.

Va venir-me al cap quan el meu germà va marxar a la guerra demanant-me que tingués cura de la mare. Per contra, jo, durant força temps, vaig pensar que ella m'havia abandonat deixant-me amb una persona estranya a la ciutat. Jo la vaig deixar tornar sola al poble... I ja no la vaig veure mai més! No podia treure'm la tristesa del cor.

Pobra mareta meva, ella sí que va ser una dona callada, no va demanar mai res per a ella. Que dura li havia estat la vida. No la vaig sentir parlar mai de res que li agradés. Ni un sol pensament dirigit al seu propi interès... I ara havia trobat els seus tresors més íntims dins d'aquella caixa.

Quan finalment vaig agafar el camí de tornada vaig aturar-me per veure el forat de la roca on el meu germà deixava les sabates quan anàvem a l'escola. Hi vaig caure agenollada al davant i vaig plorar, una vegada més, pel meu germà, per la meva mare, pel meu pare... a ell ningú li havia ensenyat a ser d'una altra manera. I també vaig plorar pel Pau, per la mula que vaig castigar, pels meus fills, tots dos perduts... M'era impossible trobar cap pensament que em consolés. Començava a fosquejar, sobre aquelles terres que havien estat tan dures amb tots nosaltres, quan vaig reprendre el camí per tornar a casa de la meva germana.

Quan vaig arribar li vaig ensenyar la caixa i es va quedar ben sorpresa. A ella, que havia conviscut tants anys amb la mare al poble, tampoc no li havia dit mai res ni de la caixa ni dels dibuixos.

Quan vam començar a sopar tota la família reunida, la meva germana amb el seu marit, el germà d'en Rafel i la seva dona, i tots els nostres nebots, jo vaig dir que m'escoltessin un moment, que tenia al cap un projecte que feia estona que no parava de donar-hi voltes. Van mirar-me amb sorpresa i tots van callar. Llavors els vaig explicar la meva estada a la masia on la meva germana i jo havíem nascut i viscut de petites, tots els sentiments que havia reviscut en aquella visita, i els vaig comentar que el que m'agradaria seria reconstruir la masia per anar-hi a viure nosaltres quan anéssim al poble, i que poguéssim gaudir-la tots.

A tots els va agafar per sorpresa, però en Rafel va dir: «Quina bona idea has tingut, a mi també em fa molta il·lusió, i que ningú pateixi per les despeses perquè les assumirem nosaltres».

I vam estar parlant força estona de la situació en què estava la masia. No m'agradaria que li féssim gaires canvis. Només calia fer-la més còmoda, mirar com hi podrien arribar l'aigua i la llum. Al pis calia fer-hi un parell d'habitacions i un quarto de bany. Reconstruir una petita sortida que hi havia al terrat i refer-lo, que estava tot ensorrat, així com un bon tros de teulada. Posar-hi un nou parral a l'entrada per tenir una bona ombra, perquè avui havia vist que la vella parra estava morta. I refer el petit brancal que hi havia a l'entrada, que jo recordava que hi jugàvem de petites, i que no sé si per culpa dels esbarzers o de la parra també estava a terra.

El marit de la meva germana va dir-nos: «D'això no us preocupeu, jo de seguida que estiguin tots els esbarzers fora em cuidaré de plantar una parra nova i refarem el banc de l'entrada». I ella va afegir: «A mi m'agradaria fer de la planta baixa una sala gran, que fos sala d'estar, menjador i cuina en una sola peça, per poder-nos reunir tots. I aprofitar el foc a terra, on ha estat sempre. Ah! I obrir unes bones finestres perquè hi entri el sol i la llum».

A mesura que parlàvem, a tots se'ns il·luminaven els ulls, somiant. Es veia que compartíem el projecte.

El meu cunyat va dir que actualment la gent ja començava a restaurar alguna masia i que per aquella contrada treballava un arquitecte que tenia molta cura de respectar les parts antigues de les masies, però que al mateix temps les feia còmodes per viure-hi. Que, si volíem, li parlaria, li ensenyaria la masia i li diria el que volíem. «Li explicaré les idees que tenim, perquè ell faci un petit projecte de restauració. La major part de la feina consisteix en el clavegueram, la llum i l'aigua, però actualment no hi ha res impossible. Ja us posaré en contacte amb ell».

En Rafel va dir: «No se'n parli més. Posem-nos en contacte amb l'arquitecte com més aviat millor. A veure quin projecte ens fa». I agafant el paquet de la mare, que jo els havia mostrat per sorpresa de tothom, va afegir: «Això hem de posar-ho al lloc de la masia que llueixi més. Cal emmarcar cada dibuix juntament amb els cabells de cada un. I també el dibuix del fidel gatet». Vam quedar una bona estona callats i pensatius, sentint amor i pena per aquella dona a qui la vida li havia sigut tan esquiva.

Però ja estàvem tan engrescats que no vam parar de fer plans per a la reconstrucció. Tothom aportava idees, jo la primera. «Sobretot, hem de amanyagar i conservar la figuera, que encara està viva, però deu ser molt vella. Hem de vigilar que les obres no la malmetin. Ens va alimentar quan érem petits. Quan jo portava a pasturar les ovelles a la muntanya el meu aliment eren les figues, madures o seques segons el temps, i un tros de pa que portava a la butxaca d'un davantal. Ara per sort als nostres nens no els falta res».

Els nebots van quedar ben parats de què les nostres vides haguessin canviat tant. Tots ens sentíem satisfets del canvi que havia fet la nostra família i del bé que ens portàvem entre nosaltres. Amb tot aquest tragí els dies es van fer curts i aviat va arribar el moment d'acomiadar-nos del poble per marxar a la ciutat.

Ja a Barcelona, una nit que anàvem a sopar a casa de la Carme i el Joan, ella va trucar-me i molt misteriosa em va dir: «Avui vindrà també la parella i crec que ja saben si és nen o nena». Va ser una nit molt emocionant, el nebot, que molts cops no venia a sopar perquè havia d'estudiar i potser també perquè s'avorria una mica, va dir-nos: «Avui no m'ho perdo, amb les ganes que tinc de saber què és».

Vam arribar tots molt puntuals a sopar i els futurs pares, molt seriosos, anaven menjant sense dir res i nosaltres, expectants, callats sense gosar fer-los la pregunta. Vam quedar parats en veure aquella panxa tan maca d'aquella futura mare. Hi havia alegria als ulls de tots. El nostre nebot va demanar-li si li deixava tocar la panxa. «Sí, toca, toca, que segur que la pubilla estarà contenta». «La podré agafar en braços quan ella neixi?» «I tant!» «Has dit pubilla?» «Sí que ha costat, caram, que ho diguessis», i tornant-se cap a la panxa li va deixar anar: «Maquíssima, a veure quin nom et posaran, jo ja vigilaré».

Una matinada va trucar en Joan per dir que marxaven a la clínica perquè el fill els havia dit que ells ja hi anaven de camí, que semblava que ja havia arribat el moment. En Rafel va dir que no patissin per res, que tot aniria bé, i que ens ocuparíem de qualsevol problema a la feina. Va fer diverses trucades i va posar-se en marxa. En aquells moments el negoci ja era força important, a ells els agradava estar al corrent de tot, tot i que el fill d'en Joan ja s'havia posat al capdavant del negoci que funcionava molt bé.

Quan es va despertar el nostre nebot, va tenir una alegria tan gran que la nena ja volgués néixer que va començar a saltar al llit dient: «Igual jo avui no hauria d'anar a l'insti, igual em necessiten». «Sí, home... Vinga, a l'insti, que dius tu. I no et preocupis que igual al migdia ja sabrem alguna cosa» «Vols dir que quan surti de l'escola ja podré anar a conèixer-la?» «No sé si al migdia. Quan vinguis a dinar veurem si hi ha novetats» I va marxar cap a l'institut fet un sac de nervis. No crec que durant el matí pogués fer res més que pensar amb la nena que tant s'estimava ja abans de néixer.

Quan el noi va marxar a l'escola, vaig passar per les granges. Tot estava tranquil i sense cap problema. En donar la bona nova de què ja estava en marxa el naixement de la pubilla, tots van demanar-me que els donés l'enhorabona tan bon punt sabés alguna cosa. Vam quedar que, si tenien algun problema, em telefonarien a mi.

En quedar-me sola de seguida va venir-me al cap que aquesta situació la podria haver viscut amb el meu fill. No era que tingués enveja sinó enyorança i pena perquè a mi m'hagués agradat trobar-me en la situació d'esperar un net.

Però amb en Joan i la Carme ens estimàvem molt i estava molt contenta per ells. Quan va tornar l'estudiant, va entrar com un llampec, però encara no teníem cap notícia de com anava el part. Havíem d'esperar. En Rafel va trucar dient que no venia a dinar i que tot anava bé però encara no havia nascut.

Vam dinar i va estar explicant moltes coses de l'escola. Era com un regal a les nostres vides. «Bé, haig de marxar, no vull fer tard. Avui tenim gimnàs i el mestre no suporta que arribem tard. A veure si ve aquesta criatura, que ja tinc ganes de conèixer-la».

Després d'arreglar-me una mica vaig encaminar-me cap a la clínica només per preguntar si tot estava igual i marxaria sense molestar. Quan anava a entrar, des d'una finestra em feia senyals la Carme, amb una cara de gran felicitat. Vaig anar on eren. Estaven en una saleta per als familiars que esperaven que naixessin els nens. «Adela, quina felicitat! Ara mateix ens han dit que tenim una nena preciosa i que ens l'ensenyaran de seguida, que tant la mare com la nena estan molt bé, que ara descansa una mica i el pare està amb ella. Que contents estem!» Ens vam abraçar.

Ens van avisar que ja podíem passar, vaig quedar-me enrere perquè hi havia família de la mare de la nounada, però la Carme em va agafar pel braç i va dir-me: «Anem juntes a conèixer la neta ».

Era preciosa, tenia els ulls oberts i semblava que ens mirava. Volia conèixer la seva família. La Carme i jo vam riure perquè la nena portava un dels conjunts que li havíem fet nosaltres. Ens vam mirar i vam comentar: «Que bé li queda!».

Llavors vam veure en Joan que estava mig amagat, eixugant-se els ulls. «Tenim uns homes molt emotius i tendres» Vam riure.

Vaig marxar corrent a casa, perquè ja era hora de què tornés l'estudiant, li hauríem de donar claus. Quan va arribar estava neguitós per saber si el nadó ja estava al món. «Sí, ho vam endevinar que era una nena!». Va començar a saltar i a cridar molt emocionat i content, preguntant quan la coneixeria. «No sé, no vagis tan de pressa, que ha nascut avui i han de descansar una mica ella i la seva mare. Això de néixer és un gran esforç i han de tenir tranquil·litat per aprendre a conèixer-se, encara que mare i filla fa molt temps que estan juntes. Es coneixen els moviments dels seus cossos, i el petit infant deu reconèixer la veu de la mare, tants mesos junts, però sense veure's.» Em van brollar les llàgrimes. Era el mateix que sentia jo, era com si el meu fill hagués retornat dintre meu i a més coneixia els seus ulls, la seva cara, la seva veu i les seves carícies. Aquest pensament igual mitigava una mica el meu dolor. Tornava a ser mentalment una mica l'embolcall del meu fill, perquè sempre el portaria dintre meu.

Ens van convidar a dinar els pares i els avis. El més jove, mirant-la, va dir: «No puc creure que tinguem una nena tan preciosa a la família. És que no pot ser més guapa, jo crec que em somriu a mi, sí a mi!». No va poder estar-se de preguntar si la podia agafar una mica. El pare de la petita va aixecar-se, la va agafar i li va posar als braços. Quina il·lusió més gran va tenir, no se'n sabia avenir. «T'estimo molt i sempre et cuidaré.»

Nosaltres els miràvem molt emocionats i la mare de la nena li va dir: «Hem pensat que ella no pot tenir millor padrí que tu, i tu li tries el nom».

***

Vaja, ja és de matí? He descansat molt, avui. Crec que aviat em portaran a les habitacions normals i després tant de bo pugui marxar a casa. Ara, tan bon punt em desperto, ja tinc plena consciència d'on estic i de tots els sorolls que m'envolten. Per la forma de caminar, sé qui se m'acosta. També conec el metge i el personal d'infermeria, i sé quan és de nit o de dia.

Avui, després d'esmorzar tornarà a venir en Rafel. Pobret, que content es posarà quan vegi que estic molt millor. Aquesta nit, he dormit profundament i no m'ha despertat cap soroll, però ara tot esmorzant, miro el llit del meu costat, on hi havia una noia jove que semblava que estava molt malament, i veig el llit vuit. Pobreta, que injusta és la vida!

Ara entra en Rafel, va molt somrient. Ha parlat amb el metge i li ha dit que estic forta per pujar a planta, que després de dinar em pujaran. S'apropa i em fa un petó. No ens cansem de mirar-nos. Rafel, ja veuràs que aviat tornarem a casa.

S'ha quedat a dinar al bar de l'hospital per estar amb mi en el moment del trasllat a la planta. A primera hora de la tarda ha vingut un portalliteres amb una cadira de rodes i m'ha pujat amb ascensor a la planta. Quina sensació més estranya després d'estar molts dies veien sempre el mateix, amb poca llum, amb silenci i els mateixos sorolls. Passar pels amples passadissos de l'hospital veien persones vestides de carrer amunt i avall. I l'esclat de llum i sol que entra pels grans finestrals.

En entrar a l'habitació he vist que en l'altre llit hi havia una senyora, més o menys de la meva edat, molt somrient donant-me la benvinguda. De seguida he intuït que gaudiríem de la mútua companyia.

A les dues ens agrada dormir amb la persiana oberta i fruir de la primera hora del matí, veure néixer el nou dia, començar a veure la llum del Sol i alguns ocells volant. Ens portem molt bé i parlem força. Ella tampoc és nascuda a Barcelona però també fa molts anys que hi viu. És viuda i no té fills, viu amb uns nebots que l'estimen molt.

Cada dia estic més forta i recuperada. Al matí ja friso per llevar-me del llit. Quan ve el Rafel jo ja estic aixecada, anem a caminar, primer per la sala on estic ingressada, i després fins al vestíbul de l'hospital. Al Rafel li ha canviat la cara, està animat i content. «Adela estimada, jo creia que et perdia... Tant de bo tinguem molta vida per seguir junts.» I anem agafats de la mà.

La Carme ve totes les tardes a veure'm i m'anima molt, caminem una mica i no parem de parlar i fer plans. Arriba el gran dia, jo ja em trobo molt millor, ve el metge a veure'm. «Que tal, com estem. Adela? Jo venia decidit a donar-te d'alta.» I es queda mirant-me sense dir res. Faig un petit crit d'alegria. «Doctor, que feliç em fa.» «Doncs ara acabo de fer els papers i aquesta tarda pot marxar a casa. Tindrà els papers de totes les visites programades per seguir-la controlant, que tot funcioni bé.» I s'acosta i m'estreny fortament la mà. I em diu: «Cuida't molt, Adela.» Que bé, quines ganes tenia d'estar novament a casa. Quan arriba el Rafel no puc callar d'alegria, estem molt contents. Després de dinar hem arranjat la maleta i en Joan i la Carme ha vingut buscar-nos. M'he acomiadat de la meva companya d'habitació, ens hem donat les adreces i el telèfon i hem quedat per veure'ns. Hem passat molt bé els dies que hem estat juntes. Després m'he acomiadat de tot el personal que tan bé s'ha portat amb mi, que contenta estic!

Ara estem novament a casa, la vida m'ha canviat molt, he de fer repòs, però tots els meus records, que vaig evocar mentre estava a l'hospital, segueixen vius com si estigués veient una pel·lícula. No puc parar de reviure tot el que he passat, com si la bossa on guardo els meus records s'hagués estripat i s'anessin escolant de mica en mica per un forat sense que jo els pogués retenir. I em trasbalsen tantes coses del que recordo! Principalment la gran malenconia que encara sento pels meus fills. Per què la vida no hauria pogut ser diferent? Penso que en Rafel no entendria mai com vaig ser capaç de desfer-me del nostre primer fill. Quan el meu nen em deia que era la millor mare del món, jo interiorment pensava que estava molt lluny de ser-ho. Em sento una miserable. Tinc remordiments per les vegades que vaig renyar el meu fill, per no haver-li donat coses que li feien il·lusió perquè en aquell moment estava enfadada amb ell. Era un fill molt bo, crec que jo era massa estricta i que potser encara no havia après prou a estimar. Saber-ho fer no és innat.

Sí, moltes vegades penso que no he sabut estimar prou. Tot necessita un aprenentatge, has d'aprendre a estimar i a respectar. L'experiència del meu fill ha fet que jo fos més condescendent amb el meu nebot, potser perquè la vida ja m'havia donat una vivència de pèrdua tan gran.

La senyora que ens ajuda a casa és molt discreta, treballadora. Quan se'n va, en Rafel i jo passem moltes hores fent-nos companyia. No parlem gaire però estem pendents l'un de l'altre. Jo segueixo llegint i fent alguna labor però em canso aviat i he de parar, tot i que, cada dia estic més forta.

Ja he començat a sortir una mica amb la Carme. Anem a berenar a una Granja amb la presumida de la neta, a comprar-li quelcom. Li agrada molt sentir l'opinió de les dues iaies i fer petites passejades pels voltants de casa per anar a comprar. Que contenta estic.

Una tarda que estàvem en Rafel i jo sols, va comentar: «No m'has preguntat per la masia». És cert, amb tots els problemes m'havia oblidat! D'ençà que vaig engrescar tothom en el projecte d'adobar els seus desperfectes i tornar-la a la vida havia passat bastant temps. Diverses circumstàncies el van anar ajornant. Primer van ser dificultats tècniques no previstes, com portar l'aigua i la llum a la masia. Després problemes per obtenir els permisos d'obres de l'ajuntament, perquè les escriptures de la masia no apareixien enlloc i vam haver-ne de fer de noves al nostre nom. Finalment la meva malaltia ens han tingut lligats a Barcelona sense poder-nos ocupar del tema. El Rafel va anar a buscar un petit àlbum i me'l va donar. Vaig agafar-lo molt emocionada i vaig anar mirant foto per foto... Era com jo havia somiat que quedés. Quina meravella!

«La teva germana i la meva cunyada s'han cuidat dels mobles i del que és més necessari per viure. Ja veus que l'arquitecte els ha ajudat i han posat mobles antics i rústics, i d'altres de molt moderns i ergonòmics. Encara no han penjat els dibuixos de la teva mare, perquè esperen que entre tots decidim el lloc. Hem posat uns marcs amb el dibuix i els cabells de cada un. Ja veuràs que han quedat preciosos. Com ara ja estàs prou bé, podríem anar al poble a l'estiu i dir-li al Joan i a la Carme si ens hi voldrien acompanyar.» «Sí, a mi també em faria molta il·lusió anar-hi. Crec que em veig amb cor de fer el viatge. No crec que el metge ens posi cap problema, i a tu i al Joan i a la Carme també us aniria molt bé. Em fa tanta il·lusió poder veure-la acabada...»

Llavors el nostre estimat nebot va tornar dels Estats Units. Va anar a fer els últims anys de carrera (Econòmiques) als Estats Units, a la Universitat de Westminster, a Fulton, Missouri. Que gran s'ha fet, ja no és aquell vailet que saltava sempre enjogassat. El primer que va dir-me, molt content després de petonejar-me, va ser: «Tieta, quin greu que hagis estat tan malalta, però que bé et trobo ara». Jo sabia que en Rafel no l'havia deixat venir abans d'hora.

Quan ja feia una estona que havia arribat, anant amunt i avall de la casa, se'l notava neguitós. Llavors ens va deixar anar: «He de dir-vos una cosa... He trobat la dona de la meva vida». I es va quedar callat per veure què li contestàvem nosaltres. Vaja, quina sorpresa, i com li brillaven els ulls! Aquest era un dels moments més importants de la seva vida i se'l veia seriós i content. El veia tan gran, ja era tot un home! «Arribarà d'aquí a tres dies. De seguida la coneixereu i us agradarà molt.» Després va anar corrent a veure la seva fillola.

És cert que ens va agradar molt i es notava que s'estimaven. Ella es dedicava al món de la moda i la publicitat amb força èxit. Vam estar cofois, es tractava d'una noia jove, guapa, elegant, oberta, amb bon caràcter i cada cop que mirava el nostre nebot se li omplia la cara d'alegria, li brillaven els ulls i es notava que s'estimaven molt.

Van dir-nos que volien buscar un pis. Això els va costar una mica de confessar-nos-ho perquè igual es pensaven que, tenint nosaltres un pis gran, voldríem que es quedessin a viure amb nosaltres.

«Però si és el que heu de fer, no podeu viure amb un parell de vells. Necessiteu un espai vostre, començar una nova vida, amb el vostre entorn, els vostres horaris. Fins que no trobeu un pis que us agradi podeu disposar d'aquest.»

Per sort jo cada dia estava millor, amb més forces per fer vida normal, i l'arribada del noi i de la preciosa noia que ens havia dut feia que en Rafel i jo estiguéssim molt animats. Volíem reprendre els plans per pujar al poble amb en Joan i la Carme, però ells ja estava fent els seus propis plans de futur i nosaltres ens hi implicàvem. Ell ja s'havia incorporat a la feina i ella feia la seva principalment per Internet, però també viatjava molt. Estaven molt contents i no hi havia dia que no anessin a veure un pis. Quan tornaven a la nit, mentre sopàvem, semblaven dues criatures. Més que dues, érem quatre criatures, ja que nosaltres també gaudíem molt amb els seus plans. Comentaven els pros i els contres de l'últim pis que havien vist, però no acabaven de trobar res que satisfés els seus gustos. Fins que un dia van venir amb una gran alegria: havien trobat el pis dels seus somnis! Era un pis alt amb una gran terrassa des d'on es veia tota la ciutat. Em van dir: «Ens ajudaràs i ens aconsellaràs amb la decoració i a omplir la terrassa de plantes? També volíem demanar-te si ens pots fer un regal». Em vaig quedar molt sorpresa perquè em van demanar una consola molt maca que havia sigut de la Mercè. «I tant que us regalem la consola! I tots els mobles que vulgueu!» Si al cap i a la fi, tard o d'hora tot havia de ser per ells. Que contenta estaria la Mercè de veure el seu moble posat al pis d'ells!

És curiós, tant que somiava a les nits revivint episodis de la meva vida i ara m'adonava que gairebé m'havia oblidat de la Mercè, aquella dona meravellosa que ens va acollir a mi i a en Rafel com si fóssim de la seva família. Li devia molt, es pot dir que va ser un àngel de la guarda per a mi i, tot i això, em costava molt recordar el seu aspecte, el to de la seva veu... Ves tu quines coses, com més gran et fas, més ximple et tornes!

La Mercè feia temps que s'havia mort d'una manera inesperada i tranquil·la. Estava bé, contenta, fent un jersei per a un net. La van cridar, pensaven que s'havia adormit asseguda a la butaca i van veure que no respirava. El metge va dir que havia tingut un atac de cor. Almenys la Mercè va ser feliç els últims anys de la seva vida, va viure amb amor i ben acompanyada.

Nosaltres també ens trobàvem en bona companyia. I de quina manera ens donava vida aquella jove parella al Rafel i a mi! Vam estar molt enfeinats decorant i moblant el pis. Que bons eren dient que necessitaven la meva ajuda, si ella tenia una capacitat i un gust per portar a terme el més mínim detall... Però segur que volien que jo em sentís útil i així oblidés més aviat la meva recent malaltia i que ens animéssim a passar tranquil·lament uns dies al poble. Quan ja tenien el pis quasi muntat van venir els pares de la dona del nostre nen i es van instal·lar. Eren una parella més jove que nosaltres, senzills però educats i molt contents de tota la carrera de la filla i de la seva parella. De seguida ens vam avenir. Ens vam reunir a sopar i els vam portar a fer una mica de turisme. Ens ho vam passar molt bé, era gent planera i coincidíem molt en la manera de pensar i de fer. Ells eren andalusos, de Jaén, i ens van convidar a fer-los una visita. Tant de bo ho podem arribar a fer.

Algunes tardes nosaltres anàvem a casa d'en Joan i la Carme o ells venien a casa nostra. Sortíem a passejar i a berenar en alguna de les granges. Ens venia a veure la nostra estimada neta, perquè era la neta de tots. Recordàvem com havien passat els anys i l'enyorança i les alegries viscudes tots junts.

Ara que la parella ja tenia el pis arreglat i que hi havien d'anar a viure aviat, vam començar de nou a fer plans per anar al poble.

Ja teníem la masia preciosa, només faltaven petits detalls. Quan parlava per telèfon amb la meva germana es notava que estava molt il·lusionada i que tenia ganes que hi anéssim. Nosaltres també teníem moltes ganes d'anar a passar uns dies amb la família després de la meva malaltia. El nebot també ens volia acompanyar per anar a veure els seus pares i germans i presentar-los la seva parella.

Ens vam reunir a sopar els quatre vells per decidir quan empreníem el camí del poble. Després de molt discutir la data i amb quin cotxe hi aniríem, van aparèixer els joves, van decidir per nosaltres que ens acompanyarien ells, tot i les protestes dels dos avis que creien que encara eren ben capaços d'emprendre el viatge i de conduir. Finalment, fruit de l'avinença i l'estimació, es va decidir que ens acompanyarien el nebot i la seva parella i així la coneixeria tota la família. El cap de setmana vindria el fill d'en Joan, amb la seva dona i la neta, i baixarien tots plegats a Barcelona. Nosaltres ens quedaríem allà tot l'estiu amb un cotxe per moure'ns pel poble i pels voltants.

L'endemà al matí va trucar-me la Carme dient que li feia una mica de por marxar al poble perquè no es trobava bé. Jo ja feia uns dies que la veia com trista, menys animada. Pensava que no era res greu però se sentia cansada i dormia molt malament. Si passat dos o tres dies no es notava millor, aniria al metge. Li vaig dir que no es preocupés, que no venia d'un dia. Mentrestant aniríem preparant les coses. Després de dos dies va donar-li hora el metge. Jo vaig acompanyar-la i ella comentava: «Segur que hem donarà alguna cosa per dormir i de seguida estaré bé». Després de fer-li una bona visita ja vàrem veure que el metge quedava una mica serio. «No et trobo res important i no vull ser alarmista, però per aquests símptomes que tens i la pèrdua de pes vull fer-te algunes proves per quedar-nos tranquils.» La Carmen va comentar: «A mi mal no em fa mal res». Li van fer diverses proves, analítiques, radiografies. Però després de fer més proves varen acabar diagnosticant un càncer d'estómac. Li van explicar que primer faria quimioteràpia i després mirarien d'operar-la.

La Carme era relativament jove i molt animada. Va viure la seva malaltia amb molta tranquil·litat i valentia. No sentia pena, no es dolia per ella, creia que havia passat una bona vida i havia sigut feliç amb en Joan. Havia vist néixer el seu fill i la seva neta. La seva preocupació era no poder veure'ls més grans i deixar al Joan sol tan aviat. Nosaltres no podíem digerir allò, ella encara ens donava ànims de què tot sortiria bé. Vam patir tant! Vam estar en tot moment al seu costat, no la deixàrem sola ni un moment, ni a casa ni a l'hospital.

Va ser un tractament darrere l'altre sense tenir cap millora, no quedava prou forta per poder-la operar i no hi havia cap tractament que millorés una mica el seu estat físic. Dia rere dia el seu cos estava més deteriorat. La pobreta anava entrant i sortint de l'hospital.

Cap al final estava extremadament prima, sense cabell, el més mínim moviment era un gran esforç carregat de dolor. Un dia que estàvem totes dues soles, l'últim cop que la van ingressar, va confessar-me: «Adela, he de dir-te que tinc tantes ganes de viure i gaudir de la família i de tantes coses que m'envolten! Però no puc sofrir tenir-vos a tots pendents de la meva vida i la meva mort, que és el que tinc més a prop. Ja hem esgotat tots els recursos, no tinc forces per caminar, no puc menjar, no em puc empassar res, no tinc esma de viure i no vull que esteu més temps patint per mi. Ja he parlat amb el doctor i desitjo ingressar a cures pal·liatives, em sedaran i no patiré més. El que sí que voldria és acomiadar-me de tota la família i de les persones més properes, sé que tu ho entendràs i m'ajudaràs a parlar amb ells, perquè sobretot serà molt difícil pel Joan i pel meu fill».

Va ser molt trist i no ens sabíem avenir d'una nova vida sense la Carme, però és cert que tots patíem molt amb el seu sofriment. Va demanar que hi anessin la família i les persones que més estimava i es va acomiadar de tots nosaltres, va voler parlar amb la seva neta i va ser un acte de tanta valentia, per part de totes dues, que crec que a la nena li servirà per a la resta de la seva vida.

La sensació i el sentiment de tenir-la al costat, agafant-li la mà, per mi era contradictori. Per un costat no desitjava que aquell moment acabés mai i per l'altre tenia una gran angoixa perquè havia d'escapar d'aquella situació que no acabava, aquella agonia d'una persona que estimes molt. El dia que la Carme va morir estava tranquil·la, amb una respiració compassada, amb els ulls tancats, com adormida. Un parell de cops li vaig dir: «Carme, estem tots aquí», i va fer un petit moviment de cap, segur que també li costava abandonar—nos. I no vaig poder resistir a preguntar-li: «Carme, veus al meu fill?». No va moure's. Va entrar un infermer i li va posar el líquid d'una petita xeringa a la via que portava a la mà i va mirar-me, trist però decidit. Vam mirar-nos en Joan i jo. No sé si seríem capaços d'alliberar-nos de tant dolor. Va ser una mirada que no oblidaré mai.

Vàrem passar una temporada molt trista, tot ens recordava a ella, necessitàvem molt la Carme. Va ser difícil, ens consolava pensar que tots l'havíem ajudat i estat al seu costat en tot moment.

Després de la pèrdua de la nostra estimada Carme vàrem passar un temps a Barcelona. Havíem de passar el dol al lloc on estava ella. Si haguéssim marxat de seguida, ens hauria semblat com una fugida de la Carme, tots havíem d'afrontar la seva pèrdua.

L'arribada al poble va ser molt alegre. Tornàvem a estar tots junts tot i que trobàvem a faltar la Carme. El fill tornava content i feliç a casa amb una dona meravellosa que s'estimaven molt, i que va estar molt ben rebuda. Vam fer un sopar tots junts, la meva germana amb la seva família i el germà d'en Rafel amb la seva. Érem una bona colla i, contentíssims pel retrobament, no paràvem de parlar i de fer plans de futur.

La meva germana i jo, malgrat tot, no podíem deixar de mirar al passat. Dintre de l'alegria trobàvem a faltar el nostre germà, el meu estimat fill i la Carme. Havíem deixat molta gent estimada pel camí. Però va ser un sopar d'alegria i vam brindar per tots els vius i per tots els que ens havien deixat i que mai oblidaríem.

Ens vam quedar tots a dormir a casa dels nostres germans, que eren cases grans. Un altre dia ja aniríem a veure la nostra masia amb llum de dia i ens hi instal·laríem. L'endemà, després d'esmorzar, vam agafar el camí de la masia. Vam anar amb cotxe, tots tres ens sentíem joves d'esperit, però les nostres cames ja eren massa velles per triscar per segons quins corriols. Quina gran sorpresa, de lluny ja es veia, estava preciosa, tota neta d'herbes, amb la teulada acabada de fer i amb unes grans finestres. Vaig veure la placeta davant la casa i l'orgullosa figuera presidint el paisatge sense herbes al voltant, i acompanyada de moltes plantes amb flors, com tenia la meva àvia. La meva germana tenia molt bon gust i també li agradaven molt les plantes.

Quan vam entrar a la casa ens va donar a tots un goig i una sorpresa de veure-la tan agradable i confortable, lluminosa, les pedres de les parets i les bigues, tot lluïa tant...! Jo no podia haver triat millor els mobles ni la decoració. Havia quedat preciosa. Tots els que no l'havien vist mai van quedar encantats. Ens hi vam instal·lar per quedar-nos-hi en Rafel, en Joan i jo.

Entre tots vam decidir on posaríem els dibuixos que la mare va fer dels tres fills junt amb els seus respectius cabells, que la meva germana havia posat en uns marcs preciosos. Al final vam decidir posar-los en una paret de la sala, al costat del dibuix de l'estimat gatet i també, en un altre marc, el mocador i els rosaris de l'àvia, i en un marc com una caixeta la vella roba de nadó. Quin goig feien! Pobre mare, poc podia pensar-se que aquells dibuixos que ella havia guardat amb tant secret, donant-los tan poca importància, estarien a la vista de tothom i que tots ens en sentiríem tan satisfets.

Tot era nou però estava impregnat del nostre passat. Jo no podia deixar de veure la meva infància allà retratada, els meus pares, els meus germans, la mula, els béns, el gat... Diferents cops al dia recorria tota la masia, tots els seus racons, i pensava com hauria estat la meva vida si la mare no m'hagués deixat a Barcelona, si jo no hagués acceptat la proposta de matrimoni d'en Rafel.

Em parava davant els dibuixos de la mare, i m'era difícil deixar de mirar-los. Com m'hauria agradat que la meva mare me'ls hagués ensenyat, i jo poder-li dir el molt que m'agradaven! Tenia tants pensaments i tants records acumulats que acabava esgotada asseguda sota la figuera. Ella sí que era el testimoni mut de la vida de la masia. Me la mirava i la trobava vella i cansada com jo mateixa. Quan encara era jove, els que ens posàvem sota la seva ombra no érem feliços ni somrèiem gaire, però ara podíem gaudir d'una bona vellesa.

Quan va arribar el fill d'en Joan amb la seva família ens vam omplir tots d'alegria i joventut. Vam fer un gran dinar sota la figuera, segur que ella també estava contenta perquè no havia acollit mai un grup tan nombrós de persones tan joves, contentes i divertides.

Els joves van donar-nos molts consells i ens van fer moltes advertències. Els vam prometre que vigilaríem molt, que per qualsevol petit problema els telefonaríem, que ens portaríem bé. La meva germana i el germà d'en Rafel van dir-los que no es preocupessin perquè ens tindrien ben vigilats i que si fèiem qualsevol barbaritat, els informarien. Van marxar de bon matí dient-nos que ja tenien ganes de tornar ben aviat, però que algú havia de treballar per tirar la família endavant. Ens vam quedar per fi tots tres sols a la masia, recordant els anys i tot el que havíem compartit junts.

Un dia, arreglant coses als armaris i endreçant roba, em vaig adonar de l'aspecte dels meus braços, com havia canviat la meva pell, tacada, arrugada, pigada. De primer vaig sentir tristesa, perquè em costava reconèixer el meu propi cos. No m'havia aturat a mirar-me des de feia molt temps. Després vaig pensar en els meus fills, ells no podrien mai sentir aquest canvi. Al meu primer fill no li vaig deixar ni que tingués pell i al meu estimat fill encara el buscava i el veia enmig de la gent, però amb el seu aspecte de nen. Ell no creixeria mai i no envelliria. No tindria el goig ni se li acceleraria el cor amb el primer amor, amb el primer fill, ni comprovaria que ràpid passen els anys en veure's els incipients cabells blancs.

I de cop em vaig sentir molt malament de queixar-me pel fet de fer-me gran, perquè a molts no els està concedit el privilegi d'envellir. I també vaig pensar en la Carme. Com la trobava a faltar!

Per mi va ser com una germana, ens aveníem tant i teníem tantes coses en comú tot i haver-nos criat en ambients tan diferents! La seva mort va ser un cop inesperat, com la del meu fill.

Vam estar molt tranquils a la masia, els germans i els nebots ens venien a veure sovint, i els fills i la neta ens trucaven i ens escrivien per si necessitàvem alguna cosa. Entre tots ens tenien molt consentits.

L'estiu passat ens vam trobar tan bé en Joan, en Rafel i jo a la masia que vam fer un pensament. El negoci anava bé i estava en bones mans, ja no feia cap falta la nostra supervisió, sentíem que era el moment apropiat per jubilar-nos... I on podríem retirar-nos amb més goig que a la masia? En comptes de viure gairebé tot l'any a Barcelona i pujar de tant en tant al poble, fora molt millor capgirar la situació i establir-nos a la masia i fer visites puntuals a la ciutat, amb la qual encara manteníem lligams per les amistats que hi conservàvem i els records que tots tres hi teníem.

Dit i fet, ja fa un temps (no recordo pas quant... crec que no fa gaire) que ens van establir. Estàvem bé, llegíem, passejàvem... Havíem treballat molt i ara tocava descansar. Però jo també tenia ganes de baixar uns dies a Barcelona, trobava a faltar tots els indrets pels quals havia caminat tant de jove, anar a passejar als parcs on portava el meu fill de petit, veure els veïns, trobar gent coneguda, i parlar del temps que havia passat, de com ens havia canviat, anar als restaurants que ens agradaven, donar una volta pel pis on vam viure els últims anys, obrir els calaixos i trobar coses que no recordava haver guardat.

Després de parlar-ho amb en Rafel i en Joan, vam acordar anar uns dies a Barcelona, ells em van confessar que també els venia molt de gust i a més jo tenia hora programada al metge. Aprofitant que al cap de quinze dies vindrien a veure'ns el fill i la nora d'en Joan, baixaríem amb ells, i teníem prou temps per preparar el viatge. Tots tres estàvem molt il·lusionats i era com si ens haguessin posat una injecció d'energia per sortir una mica de la monotonia que vivíem cada dia.

Va arribar el dia i vam acomiadar-nos de la família del poble i vam marxar cap a la ciutat. Quan passàvem pels carrers tot ho veia estrany, amb molts canvis, alguna casa vella havia anat a terra, un comerç obert on abans hi havia cases abandonades, pisos nous... Com havia canviat tot en poc temps! En arribar a casa vam trobar alguns veïns per l'escala que es van alegrar molt de veure'ns, i tots ens felicitaven pel bon aspecte que teníem, daurats pel sol, molt relaxats i amb un aspecte molt saludable.

Quan vam entrar a casa nostra en Rafel i jo ens vam mirar. Vam recordar tantes coses, tant de temps passat entre aquelles quatre parets! Agafats de la mà vam anar recorrent tot el pis, habitació per habitació. Jo no l'hi vaig dir al Rafel però algunes coses del pis no les recordava; pensava: «Aquesta cadira és nostra?». M'esforçava molt, però no recordava ni haver-m'hi assegut. Quan vaig entrar a l'habitació del nostre fill i que després va ocupar el nostre nebot, vaig sentir una espècie de trasbals dintre meu, era una sensació molt estranya, com si confongués els dos nens, no reconeixia les coses de l'habitació, se'm barrejaven els records.

«Rafel, vaig a veure la nostra veïna, que no es cregui que han entrat lladres.» Tenia ganes de saludar la veïna del replà, amb la que teníem bona amistat i va ajudar molt al Rafel quan jo vaig trobar-me malament i durant la meva estança a l'hospital (feia molts anys que vivíem costat per costat, ara feia un temps que era vídua i només tenia un fill, casat i amb dos nens). En sortir del meu pis no sé què em va passar, era completament incapaç de recordar el seu nom, després de tants anys de conviure i de parlar de tantes coses. Vaig decidir picar a la porta i pensava que parlant amb ella ho recordaria. Estava molt trista, però físicament vaig trobar-la molt bé, va dir-me que el seu fill havia decidit ingressar-la en una residència (amb la seva jove no es portava gaire bé, mai no es va preocupar per ella i inclús els dos nets anaven molt poc a veure-la). «El meu fill diu que estic molt sola i últimament he caigut un parell de cops». Ja l'havia portat a veure la residència, era molt gran, agradable, amb jardí, molta llum, habitacions individuals, però no es podia emportar els seus records, ni els mobles, ni tot el que havia format part de la seva vida. Agafaria totes les fotografies, que aniria mirant i així podria gaudir recordant una vida passada, també roba, alguna planta, algun detall d'adorn... però deixaria tantes coses amb què havia conviscut tants anys que la sensació de pèrdua era inevitable. «Em quedaran els records i l'alegria que vam tenir quan va néixer el nostre fill, tota la seva infantesa, quan era un nen i un jove que em necessitava... Havíem compartit tantes coses junts amb el seu pare i jo! Ara ja no formo part de la seva vida, no té recança ni desig de venir a veure el pis, diu que vindran d'una parròquia i s'ho enduran tot. Mirarà si vol emportar-se alguna cosa que hagués format part de la seva infància i joventut. No crec que vingui gaire a veure'm, és com si s'hagués trencat el vincle entre ell i jo.»

Jo vaig mirar d'animar-la, però vaig entendre-la molt bé. «Estaràs millor que tota sola i segur que faràs amistats i t'hi trobaràs a gust, més segura i acompanyada. Bé, ja ens veurem demà per si necessites alguna cosa i vindrem amb en Rafel per anar a dinar, que també té moltes ganes de veure't... T'ensenyaré fotografies de la masia del poble, que ha quedat molt maca.» Però jo seguia sense recordar el seu nom.

«Què passa, Adela, que vens tan esverada?» «Doncs la nostra amiga, que el seu fill la tanca en una residència.» No sé què em passa últimament que cada cop soc més intransigent amb el que jo crec que són injustícies, tant si són privades com si són de nivell social, que cada dia en vivim més. La vida és molt injusta. En Rafel em va donar la raó i ens vam quedar molt tristos per la... Vicenta. No vaig recordar el nom fins que el va dir en Rafel.

En tornar a casa cada cop estava més indignada i el Rafel es va endur totes les meves protestes. És monstruós que hagis de deixar totes les teves coses d'aquesta manera, els records de jove, la infància del teu fill... i que no puguis passar la resta de la teva vida on has viscut sempre, en el teu pis, obrir un calaix i trobar una postal, obrir un armari i treure la caixa de la robeta del teu fill quan era un nadó, els vestits del casament en una bossa, els teus llibres... Tot el que ha omplert una vida deixat per anar a passar els dies que et queden amb gent estranya i en un entorn desconegut. No tornar a dormir al teu llit, on has reposat durant tants anys; els veïns, que fa tant de temps que coneixes, amb qui has compartit tantes coses. Tristesa, dolor per deixar l'escala coneguda, la botiga on compres, el que veus per la finestra, asseguda a la teva butaca preferida, anar a dormir a l'hora que vols, menjar el que et ve de gust, i si tens un gos o un gat o un altre animal domèstic pensar què se'n farà, perquè no te'l deixaran emportar. Em vaig posar a riure, perquè vaig pensar: «No tindràs ni el comandament de la tele». Jo trobaria perdonable i entendria un suïcidi. Els que no ho fan és perquè no en són capaços o per amor a la família i a les persones properes, precisament els que no s'ho mereixen.

L'endemà vam anar a dinar amb ella i ja s'havia fet l'ànim d'anar a la residència. La vam animar comentant-li que estaria molt ben acompanyada, i que li trucaríem i aniríem a veure-la sempre que tornéssim a ciutat.

Vam passar uns dies molt agradables a Barcelona, vam gaudir del jovent, els fills també van estar molt contents de la nostra companyia. Vam anar a conèixer les novetats que havien fet en els pisos, els tenien agradables, còmodes. Vam anar a visitar totes les granges, i tots els treballadors, molt contents de veure'ns, ens omplien de floretes del bé que ens trobaven. En Joan i en Rafel van repassar un parell de dies els números i els balanços i van quedar molt orgullosos de com funcionava tot, i de què els joves havien aconseguit mantenir el mateix ambient familiar.

El metge em va trobar molt bé, no necessitava cap prova. Podíem tornar ben tranquils al poble.

Aquella nena que havíem cuidat i passejat de petita amb tant d'amor la Carme i jo estava feta quasi una senyoreta, afectuosa, bona estudiant. El nostre nebot encara no havia tingut cap fill, però les dues parelles seguien enamorades com sempre.

Jo cada cop estava més espantada de l'embolic que notava dintre del meu cap però no deia res, saludava tots els coneguts dels comerços, els amics, els treballadors de les granges, que per mi eren també amics, però em costava reconèixer-los, no recordava els seus noms, tot i això dissimulava i feia tot el possible per no cridar l'atenció de ningú.

Vam passar uns dies meravellosos. Vam passejar, vam anar al cine, al teatre, vam cansar-nos de veure gent, del soroll dels cotxes, del moviment... i vam decidir tornar al poble fins que arribés el fred. Jo pensava que era el cansament, perquè, parlant amb amics, tenia moments que em quedava en blanc i no sabia molt bé de què parlava, després reia i algú comentava: «A aquesta dona la tenim ben atabalada a la ciutat». I caminant mirava d'anar agafada al Rafel, perquè algun cop havia tingut la sensació de perdre l'equilibri.

En recollir les últimes coses del pis de Barcelona vaig tenir una sensació molt estranya. Vaig donar voltes per tot el pis, obrint portes, calaixos, mirant-ho tot com si no hagués de tornar-hi més, ni veure mai més les meves coses estimades. Vaig anar a acomiadar-me de la veïna i ens vam fer una gran abraçada, com si fos un adeu definitiu, prometent-nos que quan tornés a Barcelona aniria a visitar-la a la residència. Ens vam mirar totes dues als ulls, segur que les dues teníem el mateix pressentiment: no tornaríem a veure'ns.

Vam marxar al poble amb el meu nebot, que així aprofitaria per fer una petita visita als pares i germans. Venia sol perquè la seva parella estava de viatge per la feina. S'havia consolidat com una gran dissenyadora, els seus models es venien a molts països i freqüentment havia de viatjar; estava negociant diverses ofertes per posar una botiga en alguna capital europea per vendre només els seus models.

L'arribada al poble va ser molt emotiva, primer per veure el fill que trobaven a faltar i que els omplia d'orgull, i després ens van renyar per les llargues vacances que ens havíem pres. Vam sopar tots junts i com se'ns havia fet tard vam dormir a casa la meva germana, no volien que a aquelles hores anéssim a la casa solitària i tancada.

Al matí, després d'esmorzar, el noi ens va acompanyar a la masia. Durant tot el camí vaig tenir una sensació estranya, era com si no sabés ben bé on anava, no reconeixia el recorregut, alguna casa mig derruïda em semblava rara, no recordava un arbre molt gran al costat del camí, que va semblar-me preciós com si el veiés per primer cop.

Però quan es va fer visible la presència de la masia van aparèixer tots els meus records de cop. Que maca era! Que ben cuidat estava el seu entorn! La vista de la meva vella amiga, la figuera, em va omplir de goig. Baixar del cotxe i anar a caminar per l'entorn va ser com rebre una glopada d'aire dolç, fresc, de joventut; ens vam mirar en Rafel i jo i crec que tots dos vam pensar el mateix. En entrar, vaig anar per tot arreu, quan ja ho havia visitat tot vaig pujar l'escala i vaig amarar-me de records. La meva vista veia la casa com era abans, davant meu hi havia tota la meva infantesa.

Passen els dies tranquil·lament, pausadament. Totes les nostres il·lusions són les visites de la família i els comentaris sobre les nostres vides passades. Cap de nosaltres parla de tornar a Barcelona. Aquí hi estem bé.

Cada dia em costa més fer les coses, ara perdo les ulleres, ara no recordo què he dit que faria per sopar, la gana em fa pensar que no tinc el sopar fet, no he preparat res. Els homes diuen: «No et preocupis!». No els dic ni al Rafel ni al Joan què és el que em passa. No sé si començo a passar a l'altre cantó de la vida o començo a tenir una demència, però es pot dir que la gaudeixo, que no em molesta.

***

No sé bé què en faig de les coses, puc estar molt de temps buscant les sabates que em vull posar però, les he perdudes? Ahir em vaig posar i em vaig treure tres cops el mateix jersei. Sort que ara hi ha un senyor que m'ajuda.

Veig la meva mare asseguda al costat del foc amb el gat a la falda, em somriu i jo agafo una cadira i m'assec al seu costat, també li somric i li agafo la mà.

El meu germà està sota la figuera dibuixant i jo el contemplo, i també m'assec a prop, ell somriu i segueix dibuixant.

Passejo pel camp I veig de lluny el matxo, el meu pare i el Pau em criden i em saluden amb el braç, jo contesto i els hi torno la salutació. Faig el camí que feia amb els béns, els trobo a faltar, m'agradaria tornar a passejar amb ells. Paro pel camí, miro els moviments dels núvols, escolto el cant dels ocells. Ara porto bons trossos de pa i els hi tiro pel camí. Tinc una estranya sensació de tristesa i alegria.

Penso que un dia em vindrà a buscar el meu fill a prop de les oliveres, i aquest cop no li diré que no. Ja he acabat la feina. Crec que ja tinc la maleta feta.

***

—Adela, Adela! Hola, Joan, has vist l'Adela?

—Sí, no pateixis, està a l'era, asseguda i cantant, avui està contenta. Que de pressa han anat els seus trastorns, d'ençà que vam veure els primers símptomes que ens van cridar l'atenció i vam anar al metge la seva decadència ha sigut molt ràpida. Hem de vigilar-la perquè no es perdi. Segueix qualsevol camí però no sabem si sap on va. De vegades crida: «Nina!».

—Ha sigut molt dur per a tots, primer veure com s'atabalava i no era capaç de fer les coses més senzilles, a ella, que li agradava tant tenir la casa ordenada, cosir, llegir... i ara veus que no pot donar ni un punt i no pot prestar atenció a cap llibre, ella, una dona tan dinàmica, parladora, presumida... Ara cada cop està més absent, no fa res ni es preocupa per res, mira i somriu, molts cops no sabem a qui somriu, ens coneix?

—Jo crec que no, que es deixa portar. Ens mira a tots dos de la mateixa manera, sembla que no sàpiga ni qui som, és com si visqués en un altre temps. Està sempre callada, algun cop mira molt atentament però no sé a qui. No sé ben bé què li va cridar l'atenció quan van venir els nostres joves, sort que ja havíem tingut temps de parlar amb ells i la van tractar amb tota l'estimació del món. Ella somreia, i semblava contenta.

»Primer ens negàvem a creure que el seu estat s'agreujaria, crèiem que el seu comportament seria passatger, com un refredat fort, però ja ens ho va dir el metge que no tornaria enrere, que cada vegada el seu aïllament seria més profund, que es tancaria més en el seu món, ignorant-nos. Per a tots ha sigut una situació no esperada. Ella ens mira amb recel, tan important que ha sigut la família per ella tirar endavant! No dona cap sensació d'estima ni d'alegria, jo crec que no ens coneix... Ni ella mateixa es coneix, Joan. Avui, quan l'ajudava a pentinar-se, ha mirat detingudament el mirall i m'ha dit:

«Mira que simpàtica és aquesta senyora, sempre em fa un bon somriure».